Hildegard Krug / Die Vetternreise

HILDEGARD KRUG

Die Vetternreise

CHRISTLICHES VERLAGSHAUS GMBH
STUTTGART

Stuttgarter Kindertaschenbücher
Band 28

1977
11.—15. Tausend
Umschlaggestaltung: Walter Rieck, Heilbronn
Gesamtherstellung: Druckhaus West GmbH, Stuttgart
ISBN 3-7675-0262-3

Gleich am ersten Ferientag zieht Rolf Dünkelmeyer seine „Freizeitkluft" an: die alten hellbraunen Cordsamthosen und das rotkarierte Freizeithemd. Mit einer großartigen Handbewegung sagt er zu seiner Mutter: „Mama, jetzt in den Ferien werde ich dir tüchtig helfen! Du wirst schon sehen. Sofort fang' ich an und mähe den Rasen."

Für seine zwölf Jahre ist Rolf ein großer, kräftiger Junge. Er hat ein frisches, rundes Gesicht, dunkelblondes Haar und lebhafte braune Augen.

Frau Dünkelmeyer lächelt gutmütig. Sie kennt ihren Einzigen recht genau. Sie weiß, daß es ihm ein Vergnügen ist, mit dem neuen Luftkissen-Rasenmäher herumzufuhrwerken. Warum auch nicht? Wenn es den Jungen glücklich macht!

Rolf zieht also los und mäht. Er ist seelenvergnügt. Jetzt darf er mal für eine Weile die olle Penne vergessen. Munter pfeift er vor sich hin. Wenn er an den niedrigen Zaun kommt, der Dünkelmeyers Garten von Vogelsangs Garten trennt, wirft er jedesmal einen Blick hinüber.

Endlich grinst er zufrieden und stellt den Mäher ab. Denn Jovita Vogelsang kommt angesprungen, die kleine Nachbarstochter. Sie ist ein Einzelkind – gerade wie Rolf. Aber ihre Eltern sind beide berufstätig. Deshalb ist sie viel allein. Manchmal läuft sie dann hinüber zu Dünkelmeyers, wo sie immer willkommen ist. Mit Rolf versteht sich Jovita ganz gut – wenn sie auch erst neun Jahre alt ist und noch die Volksschule besucht. Rolf hat schon die zweite Oberschulklasse hinter sich gebracht.

Jovita ist klein und dünn. Sie hat blanke schwarze Äuglein und dunkles Haar, das ihr glatt bis auf die Schultern herabhängt. Für den großen, redseligen Nachbarssohn hegt sie eine stille Bewunderung, und das tut Rolf so wohl! Schon manchmal hat er sich überlegt, wie hübsch es wäre, wenn er eine solche kleine Schwester hätte, die er beschützen, belehren und – beherrschen könnte!

„Hallo, Jovita!" redet er die kleine Nachbarin jetzt von oben herab in onkelhaftem Ton an, „wie schmecken dir die Ferien? Und wie ist dein Zeugnis ausgefallen? Bestimmt gut!"

Jovita nickt. „Ja, es ist ganz gut. Bin zufrieden!"

„Eine Eins in Religion?" fragt Rolf weiter. „Wäre ja nicht weiter verwunderlich", fügt er grinsend hinzu und denkt daran, wie treu ihn Jovita jeden Sonntagmorgen zum Kindergottesdienst abholt. Mitunter hat er keine große Lust hinzugehen; doch Jovita läßt nicht locker.

„Hab' ich", bestätigt Jovita. „In Deutsch eine Zwei, auch in Zeichnen und Musik, aber in Turnen nur eine Drei. Und du, Rolf? Du hast bestimmt viele Einser im Zeugnis."

Rolf nickt selbstgefällig. „O ja, in Biologie, in Erdkunde und in Geschichte. Das sind meine Lieblingsfächer." Daß er in Deutsch bloß eine Vier bekommen hat wegen seiner schlechten Rechtschreibung und in Englisch gar eine Fünf – na, das braucht man ja nicht an die große Glocke zu hängen!

„Du hast doch Tiere so gern", fährt Jovita nachdenklich fort. „Vielleicht wirst du später einmal Tierarzt."

Rolf schließt halb die Augen und lächelt überlegen. „Schon möglich. Doch wer weiß – am Ende werd' ich auch Großwildjäger oder Naturforscher oder Zoodirektor. Du wirst eines Tages noch staunen, Jovita!"

Daran zweifelt Jovita nicht. Sie staunt schon jetzt oft genug über Rolf und seine großartigen Reden!

„Werdet ihr in den Ferien verreisen?" setzt Rolf das Gespräch am Gartenzaun fort.

„Ja. Wahrscheinlich nach Spanien." Es klingt nicht sehr begeistert.

„Was hast du denn gegen Spanien?" möchte Rolf wissen. „Stell ich mir herrlich vor, die Apfelsinenbäume und das blaue Mittelmeer . . ."

„Dort, wohin wir fahren, gibt es überhaupt keine Bäume", erklärt Jovita. „Bloß das Hotel und den Strand und das Meer."

Rolf runzelt die Stirn. „Sehe nicht ein, was daran auszusetzen ist! Mir scheint, du bist undankbar, Jovita!"

Rolf denkt seufzend daran, wie glücklich er über eine Spanienreise wäre. Doch Dünkelmeyers verreisen niemals in den Ferien. Herr Dünkelmeyer ist nämlich von Beruf Handelsvertreter und muß alle Tage mit dem Auto unterwegs sein. Da ist er froh, wenn er im Urlaub ein bißchen zu Hause bleiben kann.

„Nein, ich bin nicht undankbar", versichert Jovita verlegen. „Aber weißt du, die Reise ist so sehr weit, und da wird man müde. Und in dem Speisesaal ist es sehr heiß, denn er liegt unter dem Dach. Da schmekken die Getränke so lau wie Spülwasser. Und zum Schlafen haben sie nur ganz dünne Decken, da friert man, wenn es regnet. Abends machen die Erwachsenen immer so viel Lärm, wenn sie tanzen!"

Rolf blickt auf seine Armbanduhr. „Oh, jetzt muß ich gehen! Kommst du heute nachmittag 'rüber zu uns? Meine Mutter hat einen Stachelbeerkuchen gebacken, den dürfen wir probieren."

Da kann Jovita bestimmt nicht widerstehen. Das Wasser läuft ihr schon jetzt im Munde zusammen. Frau Vogelsang backt keinen Kuchen; dazu hat sie keine Zeit. Sie kauft höchstens Gebäck oder Tortenstücke beim Bäcker. Doch die schmecken nie so gut wie selbstgebackener Kuchen. „Vielen Dank, ich komme gern", sagt Jovita höflich. „Meine Eltern fahren heute von der Arbeit aus gleich auf einen Geburtstag. Es wird bestimmt spät, ehe sie heimkehren."

Pünktlich stellt Jovita sich zum Vesper bei den Nachbarn ein. Frau Dünkelmeyer begrüßt sie herzlich. Der Stachelbeerkuchen schmeckt lecker. Als Rolf sich gerade das vierte Stück auf den Teller lädt, hält vor dem Haus ein Auto.

Jovita, die von ihrem Platz aus die Straße beobachten kann, ruft: „Rolf! Tante Dora! Ihr bekommt Besuch! Es ist ein schwarzer Volkswagen."

„Ein schwarzer Volkswagen?" Rolf springt so hastig auf, daß beinahe sein Stuhl umkippt. „Dann muß es Blacky sein. Blacky mit Tante Erika!"

„Du meinst wohl: Tante Erika mit Blacky", verbessert ihn die Mutter.

Doch Rolf hört nicht mehr hin. Er ist schon hinausgestürzt, um die geliebte Tante in Empfang zu nehmen.

Im Triumph führt er sie dann ins Wohnzimmer an den Kaffeetisch. Sie muß auch gleich den Stachelbeerkuchen kosten.

Fräulein Erika Euler, die jüngste Schwester von Frau Dünkelmeyer, ist Lehrerin. Die Ferien haben nun ja auch für sie begonnen, und da hat sie sich gleich auf die Reise gemacht.

„Fein, daß du uns besuchst, Tante Erika", freut Rolf sich. „Wohin wirst du noch fahren? Vielleicht nach Spanien?" Dann könnte sie mich eigentlich mitnehmen, spinnt er in der Stille seinen Gedankenfaden weiter. Dabei wird ihm ganz heiß.

Tante Erika schüttelt den Kopf. Sie ist ein erfreulicher Anblick, mittelgroß und schlank, mit lustigen braunen Augen und krausem braunem Haar. „Nein, weißt du, das wäre für Blacky zu weit", erklärt sie ihrem Neffen. „Er ist doch nicht mehr neu. Womöglich bricht er mir unterwegs zusammen oder bekommt einen Schaden in seinen Eingeweiden. Nein, wir beide, Blacky und ich, bleiben hübsch in Deutschland und machen statt dessen eine interessante Vetternreise. Wenn du Lust hast, kannst du mitfahren, Rolf!"

Vor Freude und Erstaunen fallen Rolf beinahe die Augen aus dem Kopf. „N-natürlich h-hab' ich Lust", stottert er. „A-aber was ist denn das, eine Vetternreise?"

„Das weißt du nicht?" entrüstet sich die Tante. „Was hast du denn in Deutsch gekriegt?"

Mit einem Seitenblick auf Jovita murmelt Rolf etwas Unverständliches vor sich hin.

Tante Erika achtet zum Glück nicht genau darauf, sondern fährt in belehrendem Ton fort: „Das Wort sagt es dir doch schon: auf einer Vetternreise besucht man seine Verwandten; in deinem Fall sind es deine Vettern."

„Meine Vettern", wiederholt Rolf und kratzt sich am Kopf. Du liebe Zeit – die kennt er ja überhaupt nicht! „Wo wohnen die denn, diese Vettern?" erkundigt er sich zögernd.

Tante Erika schüttelt mißbilligend ihren Kopf. „Na, den einen, nämlich deinen Vetter Jochen, wirst du doch wenigstens kennen. Oder bist du noch nie bei deiner Oma und Onkel Andreas und Tante Gertie auf dem Eulenhof in Eulebach gewesen?"

„Doch, einmal schon", erinnert sich Rolf. „Aber das ist lange her. Und es ist so weit bis nach Eulebach. Das liegt in Hessen und nicht im Rheinland wie unser Städtchen Muckenheim. An meinen Vetter Jochen kann ich mich nur noch ganz undeutlich erinnern."

„Höchste Zeit also, daß wir hinfahren", erklärt Tante Erika. „Der Mensch muß doch schließlich seine eigenen Verwandten kennen! Hör einmal gut zu, Rolf, ich gebe dir jetzt einen klaren Überblick über die Struktur unserer Familie."

Unwillkürlich duckt Rolf sich ein bißchen. Man merkt doch, daß Tante Erika eine Lehrerin ist.

„Der Stammsitz der Familie Euler, aus der deine Mutter kommt, ist der Eulenhof in dem hessischen Dorf Eulebach. Dein Opa, der ja leider schon gestorben ist, und deine Oma hatten fünf Kinder, einen Sohn und vier Töchter. Der Sohn ist dein Onkel Andreas, genannt Andres. Er hat den Hof geerbt und lebt dort mit seiner Frau Gertie und den Kindern Jochen, Andrea und Evi. – Die älteste Tochter ist deine Tante Betty. Sie bewirtschaftet mit Onkel Ewald, ihrem Mann, ein Wein- und Obstgut in Braubach am Rhein. – Tante Christa ist die zweite Tochter. Sie ist in Hessen geblieben und hat sich auf einen Bauernhof in Obergickelsberg verheiratet.

Dort wohnt sie mit ihrem Mann, Onkel Jost, und deiner Kusine Ulrike und deinem Vetter Ulrich. – Deine Mutter ist Familie Eulers dritte Tochter, und die vierte und jüngste bin ich. So, nun weißt du also Bescheid! Und da du so gut in Erdkunde bist, kannst du dir ja mal überlegen, welche Reisroute wir einschlagen werden."

Dagegen hat Rolf nichts einzuwenden. Er holt schnell den großen Schulatlas aus dem Schrank. Während er die nächste und beste Verbindung nach Braubach am Rhein ausknobelt, fällt ihm noch etwas ein. „Sag mal, diese Verwandten in Braubach, die wir doch bestimmt zuerst besuchen werden, haben die eigentlich auch Kinder?"

Es entsteht eine kleine Pause, ehe Tante Erika antwortet: „Doch, die haben einen Jungen. Ich glaube, er heißt Reinhold."

Bald ist Rolf Feuer und Flamme für Tante Erikas herrlichen Plan. Bauernhöfe sind für ihn, den Tierliebhaber, ein wahres Paradies. Leider darf er sich kein Tier halten; sein Vater mag das nicht. Er behauptet immer, draußen im Garten gäbe es genug Tiere, Vögel aller Art, Würmer und Schnecken, Bienen, Wespen und unzählige andere geflügelte Wesen, dazu noch Eidechsen und Kröten und manchmal sogar einen Igel. So hat Rolf sich immer mit einer reichen Sammlung an Steiff-Tieren begnügen müssen. Aber lebendige Tiere auf einem richtigen Bauernhof – das ist doch etwas anderes! Einfach

Klasse! Außerdem sind „Ferien auf dem Bauernhof" jetzt gerade sehr modern.

Unzählige Fragen brennen Rolf noch auf dem Herzen. So möchte er wissen, ob seine Onkels auch Pferde haben. Er erfährt, daß nur noch Onkel Andres ein Pferd besitzt.

Schließlich sagt Tante Erika: „Ich merke schon, daß dir meine Idee der ‚Vetternreise' gefällt. Daran sind aber noch einige Bedingungen geknüpft. *Erstens:* Jeden Abend muß ein Abendlied gesungen werden, ganz gleich, wo wir uns befinden. Dazu habe ich extra meine Gitarre mitgenommen. *Zweitens:* Unterwegs im Auto wird ausschließlich Englisch gesprochen. Wer sich verplappert, muß jedesmal einen Pfennig Strafe bezahlen. *Drittens:* An Regentagen wird fleißig Diktat geübt, sowohl Deutsch als auch Englisch."

Da wird es Rolf ziemlich mulmig zumute. Es scheint, Mutter hat gewisse Dinge ausgeplaudert. Doch als er sich die Sache genauer überlegt, kommen ihm die Bedingungen gar nicht mehr so unannehmbar vor. Singen tut er gern; falls ihm unterwegs nichts „Englisches" einfällt, kann er ja den Mund halten oder sich durch Zeichen verständlich machen; na, und wer wird schon mitten in den Sommerferien an Regentage denken! Wer weiß – vielleicht regnet es in Hessen überhaupt nicht.

Rolf ist also einverstanden und geht feierlich auf Tante Erikas Bedingungen ein. Nur eines tut ihm leid: daß die Reise nicht schon gleich morgen losgehen soll. Tante Erika und Blacky wollen nämlich erst noch ein paar Tage in Muckenheim verschnaufen. Nun ja, eigentlich ist es überall schön, wenn die lustige, einfallsreiche Tante Erika dabei ist.

Bis zur Abendbrotzeit werden Pläne geschmiedet, wird geschwätzt und geplaudert. Nach dem Abendessen kommt das Abendlied an die Reihe. Dann verabschiedet sich Jovita. Ihre Eltern sind inzwischen nach Hause gekommen.

Auch Rolf geht bald zu Bett. Er ist plötzlich müde von den Aufregungen dieses Tages. Im Traum sieht er sich auf Onkel Andres' Pferd dahingaloppieren, während lauter Eulen durch die Luft schwirren! Auf einmal ist es gar kein Pferd mehr, sondern Tante Erikas kleiner schwarzer Volkswagen. Er selber sitzt am Steuer und stöhnt: „Blacky, Blacky, wohin rennst du bloß?" Da erkennt er es: Blacky rast geradewegs in den reißenden Rhein hinein! Die Wellen schlagen über ihm zusammen. Rolf schreit laut auf und – ist dann sehr erleichtert, daß er noch immer in seinem altvertrauten Bett zu Hause in Muckenheim liegt!

Der Morgen ist herrlich! Die Sonne lacht!

Rolf pfeift vor Glückseligkeit laut vor sich hin. Er hört gar nicht auf die vielen Ermahnungen, die seine Mutter ihm und Tante Erika mit auf die Reise geben will. Die Butterbrot-Päckchen, die sie den Reisenden aushändigt, nimmt er schon lieber entgegen.

Zuletzt kommt noch Jovita angesprungen und steckt Rolf mit verlegenem Lächeln eine große Tafel Schokolade zu. Die hat sie bestimmt von ihrem Taschengeld gekauft. Ja, Jovita ist schon in Ordnung!

Noch ein letztes Winken – dann rollt Blacky davon.

Leider fällt Rolf gar nichts „Englisches" ein außer „How do you do?" Und das ist doch bloß eine Begrüßungsformel, auf die Tante Erika nichts anderes erwidern kann als: „How do you do?"

Plötzlich hat Rolf Lust zu singen. Zu seinem Bedauern kennt er aber nur ganz wenige englische Lieder. Und die muß er dann auch noch „umdichten". So singt er also anstatt „My Bonnie is over the ocean" lauthals „My Blacky is over the ocean, My Blacky is over the sea..." Allerdings bleibt auch hierbei rätselhaft, was denn der Blacky dort jenseits des Meeres tut. Na, macht nichts! Hauptsache, es ist Englisch!

Muckenheim liegt auf der Höhe. Blacky saust also zuerst hinunter ins Rheintal. Eine Weile geht es am linken Rheinufer entlang, dann bei Koblenz über die Brücke auf das rechte Ufer. Von Koblenz aus ist es nicht mehr weit bis Braubach.

„Siehst du dort oben die Marksburg?" ruft Tante Erika frohlockend – und nun muß sie gleich sechs Pfennig Strafe zahlen für die sechs deutschen Worte! Beschämt fährt sie auf Englisch fort – doch erst mit Hilfe des Wörterbuches kommt Rolf dahinter, was seine Tante meint: nämlich, daß diese Marksburg die einzige Burg am Rhein ist, die niemals zerstört worden ist.

Braubach scheint ein nettes, altes Städtchen zu sein. Blacky zuckelt langsam dahin – doch plötzlich biegt er nach links ab, direkt in den Wald. In vielen Serpentinen windet sich die Straße auf die Höhe hinauf.

Dann bleibt Blacky mit einemmal vor einem großen Tor stehen. Rolf ist platt vor Bewunderung. Hinter diesem Tor breitet sich ein herrlicher Park aus. Rolf, der ja eine Eins in Naturkunde hat, erkennt Rotbuchen, Edeltannen, Silberpappeln, Trauerbirken, ja, sogar Eiben, diese uralten, wunderlichen Bäume. Hinter den Bäumen schimmert das Gutshaus hervor, ein stattlicher, gelber Fachwerkbau mit braungestrichenen Querbalken. Das Haus hat ein Schieferdach – wie viele Gebäude an Rhein und Mosel.

Rolf wagt kaum, Tante Erika in das prächtige Haus zu folgen. Hier also soll seine Tante Betty wohnen mitsamt Onkel Ewald und Vetter Reinhold? Kaum zu glauben!

Das muß wohl seine Tante sein, die auf sie zukommt. Sie ähnelt Tante Erika, auch der Mutter, und ist nur etwas größer. Das reiche braune Haar trägt sie streng frisiert und zu einem prachtvollen Knoten aufgewunden. Ihr Gesicht ist etwas ernst, aber die braunen Augen blicken warm und gut – wie die Augen der Mutter daheim in Muckenheim.

Tante Betty beeilt sich, Rolf sogleich mit seinem Vetter Reinhold bekannt zu machen. Reinhold ähnelt Tante Betty überhaupt nicht. Er ist ein Jahr älter als Rolf, also dreizehn Jahre alt. Trotzdem ist er kleiner und viel schmächtiger als sein kräftiger Vetter aus Muckenheim. Er hat ein zartes, helles Gesicht, glattes, hellblondes Haar und ernste graue Augen. Er scheint sehr höflich und wohlerzogen zu sein. Doch spricht er nicht viel, so daß Rolf nicht richtig warm mit ihm wird.

Am Nachmittag machen sie einen Rundgang durch das Gut und besichtigen auch einige Anlagen mit Obstbäumen und ein paar Weinberge. Die beiden Schwestern, Tante Betty und Tante Erika, marschieren vorneweg; Rolf und Reinhold trotten hinterher. Reinhold führt den drolligen Dackel Maxel an der Leine.

Rolf steckt voller Fragen. Die Weinberge interessieren ihn sehr. Wie schwer muß die Arbeit an diesen steilen Berghängen sein! Da kann man oft ja kaum stehen. Warum wohl hier und dort kleine Steinmauern aufgeschichtet sind?

„Ich glaube, das ist wegen der Hitze", erwidert Reinhold zögernd. „Die Steine saugen die Hitze auf und geben sie dann wieder ab. Die Trauben brauchen sehr viel Wärme. Je heißer sie die Sonne bescheint, desto süßer werden sie. Und sie müssen süß sein, sonst gibt es keinen guten Wein, sagt Papa. Ich selber – verstehe nicht viel davon."

Was für'n komischer Junge! denkt Rolf. Ha, wenn ich an seiner Stelle wäre! Da geht er mit seinem goldigen Dackel spazieren und kriegt mal ein solches Gut – mit richtigen Weinbergen und großen Obstgärten – dazu einen Park und ein großes Haus! Ich an seiner Stelle würde vor Glückseligkeit kopfstehen und auf den Händen tanzen! Er aber – er geht still mit einer Leichenbittermiene dahin und tut so, als ginge ihn das alles nichts an. Ein komischer Kauz, dieser Vetter!

Nach dem Abendessen soll das Abendlied gesungen werden – ganz wie es vereinbart worden ist. Tante Betty ist sehr dafür, und Onkel Ewald hat auch nichts dagegen.

Tante Erika holt gleich ihre Gitarre.

Reinhold behauptet, er könne leider nicht singen; aber er hört gut zu.

Tante Erika kennt eine Menge Abendlieder. Heute wählt sie eins von Rudolf Alexander Schröder aus. Es heißt:

„Abend ward, bald kommt die Nacht,
schlafen geht die Welt;
denn sie weiß, es ist die Wacht
über ihr bestellt.

Einer wacht und trägt allein
ihre Müh und Plag,
der läßt keinen einsam sein
weder Nacht noch Tag.

Jesu Christ, mein Hort und Halt,
dein gedenk ich nun,
tu mit Bitten dir Gewalt:
bleib bei meinem Ruhn.

Wenn dein Aug ob meinem wacht,
wenn dein Trost mir frommt,
weiß ich, daß auf gute Nacht
guter Morgen kommt."

Nach dem Abendlied sagen die Jungen „gute Nacht" und ziehen sich auf Reinholds Zimmer zurück. Es ist ein großer, schöner Raum. Rolf soll dort auf der Couch schlafen. Er wundert sich, wie sorgfältig Reinhold seine Kleider zusammenfaltet. Selbst wirft er sie einfach auf einen Stuhl.

„Mensch, Reinhold", brummt er, „bist du immer so'n Muster an Ordnung?"

„Aber das muß ich doch", sagt Reinhold leise. „Diese Sachen gehören mir nicht; sie sind mir nur geliehen. Deshalb muß ich damit sorgfältig umgehen."

Rolf räkelt sich auf seiner Couch und denkt nach. Was soll denn das nun wieder bedeuten? Weshalb sollen diese Kleider dem Reinhold nur geliehen sein? Dieser Vetter ist wirklich rätselhaft!

Jetzt knipst Reinhold die Bettbeleuchtung aus. Im Zimmer ist es still und dunkel. Rolf hört nichts als Reinholds schwere Atemzüge.

Plötzlich fängt Reinhold an zu sprechen. „Du, Rolf,

glaubst du das auch, was Tante Erika mit uns gesungen hat?"

Rolf denkt nach. „Ja, was meinst du denn?" fragt er dann unsicher.

„Ich meine dies: daß Gott keinen einsam sein läßt, weder am Tage noch in der Nacht. Es wäre schön, wenn es wahr wäre, findest du nicht? Oder hast du dich noch nie einsam gefühlt? Du hast doch auch keine Geschwister."

Rolf weiß wirklich nicht, was er darauf erwidern soll. „Doch, ja, vielleicht", murmelt er. „Manchmal kann man sich schon einsam fühlen, das ist wahr."

„Hast du manchmal Angst?" fährt Reinhold fort.

Vor Jovita hätte Rolf das nie zugegeben, auch nicht vor seinen Klassenkameraden. Aber hier, in diesem dunklen Zimmer, bei diesem rätselhaften Vetter... „Ich glaube schon", gesteht er zögernd. „Zum Beispiel, wenn wir eine Englisch-Arbeit schreiben. Da hab' ich immer eine grausige Angst, denn ich bin schlecht in Englisch."

„Ich habe auch Angst", verrät Reinhold. „Aber niemand darf es wissen. Ich bin doch schon dreizehn. Was würden Mama und Papa sagen, wenn sie es erführen! Sie würden mich bestimmt verachten. Weißt du, wenn es im Winter morgens noch dunkel ist, muß ich zur Schule gehen. Manchmal nehmen Papa oder Mama mich im Auto mit, doch das klappt nicht immer. Und dann muß ich zu Fuß gehen. Nicht die Fahrstraße, sondern den Fußweg, der ist näher. Er führt am Waldrand entlang. Da ist es sehr einsam und unheimlich ..."

„Du solltest laut singen oder pfeifen, das hilft", schlägt Rolf verständnisvoll vor.

„Ich kann doch leider weder singen noch pfeifen", sagt Reinhold traurig.

„Dann solltest du einen Hund mitnehmen. Dadurch hättest du Gesellschaft und wärest auch gut beschützt."

„Mit einem Schäferhund oder einem Jagdhund könnte man es vielleicht versuchen. Die sind klug und lassen sich gut dressieren. Vielleicht könnte man sie dahin bringen, daß sie allein nach Hause zurückkehren. Bei einem Dackel geht das nicht; nein, bei Maxel nicht. Der hat seinen Kopf für sich. Und einen andern Hund als Maxel haben wir im Augenblick nicht. Ich könnte Maxel doch nicht mit in die Schule nehmen!"

Nein. Natürlich nicht. Das sieht Rolf ein. Er kratzt sich am Kopf. Und schon kriegt er eine Idee. „Was du brauchst, ist ein kleines Kofferradio!" ruft er, vergnügt über seinen Einfall.

„Gar kein schlechter Gedanke", murmelt Reinhold, fügt dann jedoch betrübt hinzu: „Aber woher soll ich eins bekommen? Soviel Taschengeld krieg' ich nicht."

„Du wünschst dir eben eins zum Geburtstag oder zu Weihnachten. Ganz einfach."

„O nein, das geht nicht. Das kann ich doch nicht

tun. Was würden Papa und Mama von mir denken, wenn ich solche Wünsche äußere! Sie hielten mich für unbescheiden."

Die haben bestimmt genug Geld. Denen würde das nicht wehtun, denkt Rolf, sagt jedoch nichts.

„Ich glaube, wir müssen jetzt schlafen", fährt Reinhold zögernd fort. „Wir haben schon zu lange geschwätzt. Du wirst von der Reise gewiß müde sein. Gute Nacht, Rolf!" – Nach einer kleinen Pause fügt er ganz leise hinzu: „Es ist schön, daß du hier bist!"

Rolf muß sich räuspern. Ihm ist so sonderbar zumute. „Gute Nacht, Reinhold!" sagt er dann gepreßt. „Es – es gefällt mir hier bei euch."

Er schließt die Augen, kann aber nicht gleich einschlafen, weil er noch lange über seinen rätselhaften Vetter grübeln muß.

Am nächsten Morgen verkündet Tante Erika wohlgelaunt, daß sie heute vormittag mit Blacky und den beiden Jungen zur Marksburg fahren will. Über diese Aussicht freut Rolf sich ganz ungemein. Deshalb platzt er gleich wieder mit einem Haufen Fragen heraus: „Sag mal, Tante Betty, warum heißt die eigentlich Marksburg? Hat die ein Ritter mit Namen Mark erbaut? Oder hat sie so viele Mark gekostet? Aber damals rechnete man wohl mit Talern."

„Nein, das ist ganz anders", erklärt Tante Betty.

„Diese Burg – im 12. Jahrhundert erbaut – wurde zuerst ‚Burg Brubach' genannt. 300 Jahre später lesen wir in den Chroniken von einer Kapelle, deren Altar dem heiligen Markus zu Ehren geweiht worden war. Seitdem trägt die Burg den Namen Markusburg – Marksburg."

Der arme Blacky muß ordentlich schnaufen, bis er die Höhe erreicht hat und im Burghof angelangt ist.

Da kommt schon der Fremdenführer, ein lebhafter blonder junger Mann. „Der Zugang zum Burginnern ist früher durch vier Tore gesichert gewesen", beginnt er seine Erläuterungen. „Das erste war das Zugbrücken-Tor. Seitdem die Zugbrücke bei Filmaufnahmen zusammenbrach, ist nur noch eine Holzbrücke vorhanden. Über dem dritten Tor, dem Schartentor, lag früher die Wohnung des Burgvogtes. Beachten Sie bitte über dem Torbogen den rechteckigen Gußerker mit offenem Boden! Von hier aus konnte man die angreifenden Feinde gut abwehren, indem man kochendes Wasser oder siedendes Pech auf sie hinunterschüttete."

Auf der „großen Batterie" sind noch mehrere alte Geschütze zu sehen, die ihre Mündungen zum Rhein hin richten.

„Schaut mal hier durch die Fensterluken!" ruft die „Tante Lehrerin" ihren Neffen zu. „Könnt ihr dort den Rheinstrom nicht wunderbar überblicken?

Eine solche Burg ist ein sehr wertvoller Besitz gewesen. Damals wurden nämlich Durchgangszölle auf dem Strom erhoben – keine schlechte Einnahmequelle!"

Rolf findet den Burghof reichlich eng. Das liegt an dem 39 m hohen Bergfried, der viel Platz wegnimmt.

„In alter Zeit ist dieser freistehende Turm nur durch eine Leiter zugänglich gewesen", erzählt der Führer. „Unten befindet sich das 5 m hohe Burgverlies mit dem Mannloch in der Decke."

Rolf schaudert's, als er an die unglücklichen Gefangenen denkt, die einstmals in diesem Verlies geschmachtet haben mögen. Noch mehr graust es ihn, als ihnen die Folterkammer mit den verschiedenen Foltergeräten gezeigt wird. Recht angetan dagegen sind die Besucher von der großen gotischen Burgküche und dem gotischen Rittersaal mit seinem hohen mittelalterlichen Kamin. Der Saal ist 65 qm groß. Seine Mauern sind 4 m dick.

Die Markuskapelle ist nur klein, doch der Führer preist mit Recht den schönen, vieleckigen Raum mit dem zehnteiligen Gratgewölbe.

Die Burgbesichtigung hat fast eine Stunde gedauert. Tante Erika sucht sich draußen auf dem Burggelände eine schöne Bank, wo sie in Ruhe den Schiffsverkehr auf dem Rhein beobachten kann.

„Die Marksburg wurde also im 12. Jahrhundert erbaut?" vergewissert sich Rolf noch einmal.

Reinhold nickt. „Ja. Aber es soll hier schon früher eine Burg gestanden haben, ehe die Marksburg erbaut wurde. Sie lag ein Stück weiter nördlich, ungefähr dort, wo jetzt die alte Martinskapelle steht."

Rolfs braune Augen fangen unternehmungslustig an zu funkeln. Er hat keine große Lust, still auf einer Bank zu hocken. „Ist es weit bis zu dieser Kapelle?" fragt er gespannt.

Reinhold schüttelt den Kopf. „Nein, gar nicht! Möchtest du gerne hin?"

Als Rolf heftig bejaht, ziehen die beiden Jungen los. Die Martinskapelle mit ihren dicken grauen Mauern und schmalen Fenstern sieht wirklich sehr alt aus. Von innen kann sie leider nicht besichtigt werden. Sie ist verschlossen. Ringsumher liegen Gräber: es ist der alte Friedhof von Braubach.

Nachdenklich bleibt Reinhold vor einem Grab stehen und murmelt vor sich hin: „Unter einer solchen Grabplatte liegt mein Vater begraben."

Rolf zuckt erschrocken zusammen und starrt seinen Vetter so entsetzt an, als sei plötzlich am hellen Tag aus einem der alten Gräber ein Geist entstiegen. „Dein Vater? Onkel Ewald?" stammelt er zähneklappernd und spürt, wie sich ihm alle Haare einzeln sträuben.

„Aber nein. Natürlich nicht", erwidert Reinhold ruhig. „Ich dachte, du wüßtest es. Dein Onkel und deine Tante sind doch gar nicht meine richtigen Eltern. Sie haben mich nur angenommen, weil sie selber keine Kinder haben. Vielleicht werden sie mich später adoptieren."

Rolf erschrickt wieder – diesmal auf andere Art. Ihm wird eiskalt. Auf einmal begreift er Reinholds rätselhaftes Wesen: weshalb er behauptet, seine Sachen seien ihm nur geliehen, und warum er nicht wagt, seine Pflegeeltern um ein Kofferradio zu bitten. „Dein richtiger Vater ist also tot", flüstert er. „Und deine Mutter, Reinhold?"

„Die lebt. Sie hat einen anderen Mann geheiratet, und der wollte mich nicht bei sich haben. Deshalb wurde ich in ein Kinderheim gesteckt. Da ging es mir nicht besonders gut. Ich meine, ich konnte es nicht gut vertragen, ich war viel krank... Zuerst wollte meine Mutter mich nicht zur Adoption freigeben, aber mein Stiefvater hat es schließlich durchgesetzt."

„Der muß ja ein fieser, gemeiner Kerl sein", knirscht Rolf ingrimmig.

Reinhold ist äußerlich noch immer ruhig und beherrscht. Nur sein Gesicht ist leichenblaß, seine Unterlippe zuckt, und seine grauen Augen sind ganz dunkel. „Ich glaube nicht", sagt er leise. „Weißt du, mein Stiefvater ist ein reicher, geachteter Mann. Mit dem Sohn eines Betrügers wollte er nichts zu tun haben. Mein Vater hatte nämlich Geld unterschlagen. Als es herauskam, ist er mit dem Wagen verunglückt. Manche sagen, es sei Absicht gewesen."

Reinholds Stimme ist immer leiser geworden. Jetzt sinkt er auf eine Grabeinfassung nieder, kauert sich zusammen und vergräbt den Kopf in den Armen.

Rolf ist aufs tiefste erschüttert und findet zuerst keine Worte. Daß solche schrecklichen Dinge auf der Welt geschehen! Daß es solche schweren Schicksale gibt! Doch dann legt er Reinhold sachte die Hand auf die Schulter. „Das ist furchtbar, Reinhold. Aber Tante Betty und Onkel Ewald sind doch bestimmt gut zu dir, nicht wahr?"

Reinhold hebt den Kopf. Er weint nicht, aber sein zartes, helles Gesicht ist wie erstarrt in Kummer und Schmerz. „Ja, sie sind gut zu mir. Aber sie werden mich nicht behalten. Niemand wird mich behalten. Niemand will den Sohn eines Betrügers in seinem Haus haben. Dabei war mein Vater gar nicht schlecht. Nein, Rolf, das war er bestimmt nicht. Ich hatte ihn sehr lieb, und er mich auch. Es kam bloß daher, daß meine Mutter nie mit dem Geld auskam. Da wollte er sich aus der Geschäftskasse etwas Geld leihen und es später zurücklegen. Doch dann kam ein Wirtschaftsprüfer, ganz unerwartet, und er konnte es nicht mehr zurückerstatten. Meine Mutter weiß, daß es so gewesen ist. Sie hat es mir gesagt. Er ist eigentlich kein Betrüger. Aber die Leute sehen es so an. Und mich sehen sie auch so an, als den Sohn eines Betrügers. Und meine Mutter – was sollte sie schließlich anderes tun?

Mein Stiefvater ist reich. Sie kam doch nie mit dem Geld aus. Sie wollte mich nicht hergeben. Es tat ihr schon weh. Doch was blieb ihr anderes übrig?"

Rolf fühlt sein Herz heftig klopfen. Er ist ganz aufgeregt. Dann sagt er sehr entschlossen: „Wenn du hier nicht bleiben kannst, kommst du eben zu uns nach Muckenheim. Meine Mutter nimmt dich auf. Da kannst du sicher sein. Der ist egal, was oder wie dein Vater gewesen ist. Hörst du, Reinhold? Mach dir bloß keine Sorgen! Und nun komm, steh auf! Ich glaube, wir müssen zurück zu Tante Erika. Sie hat jetzt bestimmt genug Rheinschiffe beobachtet."

Reinhold steht auf und geht stumm neben Rolf her. Auf der ganzen Heimfahrt im „Blacky" spricht er keinen Ton. Beim Mittagessen hat er keinen Appetit.

Tante Betty sieht ihn besorgt an und fragt freundlich: „Ist dir nicht gut, Reinhold? Bist du zu lange in der Sonne gewesen?"

„Oh, nichts weiter. Bloß ein bißchen Kopfweh", murmelt Reinhold. Tante Betty besteht darauf, daß Reinhold sich nach dem Essen zu Bett legt. Sie läßt selber die Fensterläden herunter, damit es schön dunkel ist und legt ihm eine kühle Kompresse auf die Stirn.

Rolf schleicht sich hinaus, sucht nach seiner Tante Erika und lotst sie hinaus in den Park. Die beiden Feriengäste finden eine versteckte Bank unter einer

Trauerbirke. Hier schüttet Rolf sein bekümmertes Herz aus und spricht mit Tante Erika über seinen Vetter Reinhold, der gar nicht sein „richtiger“ Vetter ist.

„Ja, das ist eine tieftraurige Geschichte“, stimmt Tante Erika zu. Sie hat natürlich gewußt, daß Reinhold nicht der leibliche Sohn ihrer Schwester Betty ist. Dann sagt sie: „Wir müssen alle sehr lieb zu Reinhold sein, damit er seine schweren Erlebnisse überwindet und wieder ein fröhlicher Junge wird. Ich bin ziemlich sicher, daß Tante Betty und Onkel Ewald ihn adoptieren werden. Tante Betty hat ihn schon ins Herz geschlossen.“

Am nächsten Vormittag wandern die beiden Jungen nach Braubach hinunter. Reinhold will seinem „Vetter“ das alte Städtchen zeigen, das schon zur Zeit Karls des Großen urkundlich erwähnt wird. An solchen historischen Dingen ist Rolf interessiert. Er hat ja auch eine Eins in Geschichte. Außerdem sollen die Jungen aufs Postamt, um dort die Telefonrechnung zu bezahlen.

Jetzt versteht Rolf, warum Reinhold dieser Weg am Waldrand entlang in der Morgendämmerung unheimlich vorkommt. Es läuft sich da nicht gut. Der Pfad ist steil und steinig, vor allem aber sehr einsam. Nicht einer Menschenseele begegnen sie unter den leise rauschenden, kümmerlichen Fichten und Kiefern. Nur die Vögel zwitschern in den Zweigen.

In der Ferne bellt ein Hund. Horch! Da knackt es im Gebüsch – und jetzt hoppelt ein Häschen über den Weg.

Reinhold erzählt, daß man hier schon im Mittelalter Silber und Blei gefunden und abgebaut hat. Noch jetzt gibt es in Braubach eine Silber- und Bleihütte. Allerdings wird nicht mehr viel Erz abgebaut, sondern mehr ausländisches Erz verarbeitet. Man befördert die Bleierzstücke geradewegs von den Rheinschiffen auf einer Kleinbahn zur Bleihütte.

„Toll!" staunt Rolf. „Das muß ich mir alles mal ansehen."

Reinhold hat seinen Gast bis in die Altstadt geführt, wo es alte Häuser und eine 600jährige, schon baufällige Kirche zu sehen gibt.

„Bei Hochwasser sind die Gebäude hier in der Altstadt ständig bedroht", erklärt Reinhold. „Darunter haben die alten Häuser sehr gelitten. Früher sind die Bewohner bei Hochwasser immer auf die Marksburg geflüchtet; natürlich auch, wenn Feinde nahten, besonders zur Zeit des 30jährigen Krieges. – Hier haben wir den alten Marktplatz. Er ist nicht gerade sehr groß, weil nicht viel Platz da war. Das Städtchen war ja zwischen Berg und Fluß eingeklemmt. Sieh mal, einige alte Häuser sind schön zurechtgemacht! Da ist das ‚Gasthaus zu den vier Jahreszeiten' oder das ‚Gasthaus zum singenden Wirt'."

„Toll!" staunt Rolf. „Ob der Wirt wirklich singt?"

„Ich weiß nicht“, antwortet Reinhold.

„Wollen wir noch hinunter an den Rhein? Es ist nicht weit.“

Ja, das möchte Rolf natürlich.

So wandern sie durch die Bahnunterführung, und da glitzert schon der breite, mächtige Strom vor ihnen auf. Schöne Anlagen mit Rosenbüschen und Rosenbogen schmücken das Ufer. Große Bäume spenden Schatten. Dazwischen laden Bänke zum Ausruhen ein. Rolf kann nicht widerstehen. Er möchte sich eine Weile hinsetzen und den Schiffen zuschauen, wie gestern Tante Erika auf der Marksburg.

Oh, das ist interessant! Auf dem Rhein herrscht reger Schiffsverkehr. Dort kommt ein Schweizer Frachtschiff, das in Richtung Heimat fährt, und dort ein belgisches mit Namen „Madison“.

Reinhold wird unruhig und steht auf. „Du, wir müssen doch auf die Post und die Telefonrechnung bezahlen. Die Schiffe kannst du noch öfter beobachten, wir sind ja nicht das letzte Mal am Rhein.“

Zögernd erhebt sich Rolf und folgt seinem „Vetter“. Im Schalterraum des Postamtes ist es ziemlich voll. „Ach ja, heute ist Rentenauszahlung“, fällt es Reinhold ein. „Sieh mal dort den alten Herrn mit dem schwarzen Mantel und dem schwarzen Stock! Das ist sicher ein Rentner.“

Rolf nickt gleichmütig und mustert die andern Postkunden. Da ist ein schlankes Fräulein, das Briefmarken kauft, danach ein hagerer Mann, der Geld einzahlt und eine dicke Frau, die von ihrem Postsparbuch Geld abhebt.

Jetzt sind die Jungen an der Reihe. Reinhold bezahlt die Rechnung und steckt die Quittung sorgfältig weg. Dann wenden sie sich zum Gehen. Plötzlich bückt sich Reinhold. Er hat in der Ecke des Schalterraumes einen blauen Briefumschlag entdeckt und hebt ihn auf. Es ist ein offener Umschlag. Schnell wirft er einen Blick hinein. Rolf sieht neugierig zu.

Dabei verschlägt es ihm die Sprache. „Eine Menge Geld ist drin", stammelt er, „über 500 Mark. Du, Reinhold, das wird einen netten Finderlohn für dich abwerfen."

Aber daran scheint Reinhold überhaupt nicht zu denken. Er blickt sich hastig um. Eben strebt der hagere Mann dem Ausgang zu. „Hallo!" ruft Reinhold ihn an. „Haben Sie vielleicht Geld verloren?" Er hält ihm den Umschlag hin. Der Hagere schüttelt unwillig den Kopf und ist schon zur Tür hinaus.

Das Fräulein hat den Schalterraum schon verlassen, doch die dicke Frau nestelt noch an ihrer Handtasche herum. Entschlossen tritt Reinhold auf sie zu und fragt: „Gehört dieser Umschlag vielleicht Ihnen?"

Die Frau nimmt ihn mit spitzen Fingern entgegen und hält ihn sich unter die Nase. „Der ist ja blau", murmelt sie und rollt dabei ihre große Augen, als sei ihr eine Beleidigung widerfahren. „Ich verwende nur grüne Umschläge!" Damit kehrt sie den Jungen ihren breiten Rücken zu.

Reinhold zupft seinen Kameraden am Ärmel. „Los! Raus!" raunt er ihm zu und flitzt hinaus. Rolf hat nie geglaubt, daß Reinhold so flink sein kann! Verwundert folgt er ihm.

Das Fräulein klappert schon die Straße hinunter. Reinhold saust wie eine Rakete hinterher. Endlich hat er es eingeholt. „Haben – Sie – vielleicht – etwas auf der Post vergessen?" keucht er atemlos. Die junge Dame reckt ihr Näschen hoch, kräuselt die roten Lippen und mißt Reinhold mit einem einzigen verächtlichen Blick. Mit solchen dummen Jungen pflegt sie sich nicht abzugeben!

Reinhold seufzt und streicht sich das feuchte Haar aus der Stirn. Er ist erschöpft und verschwitzt. Dann sieht er sich aufmerksam nach allen Seiten um und erspäht in der Ferne den alten Herrn mit dem schwarzen Mantel. Sofort reißt er sich zusammen und rast hinter ihm her. Als er ihn eingeholt hat, kann er kaum noch pusten und muß erst nach Luft ringen, ehe er hervorstößt: „Verzeihen Sie – vermissen Sie vielleicht Geld?"

Der alte Herr bleibt stehen, mustert Reinhold argwöhnisch von oben bis unten, fischt dann umständlich seine Brieftasche heraus und sucht darin. Seine Finger zittern. Er wird ganz blaß. „Mein Geld! Meine ganze Rente!" stammelt er entsetzt. „Eben habe ich sie auf der Post abgeholt. Ich habe das Geld in einen blauen Umschlag gesteckt und in meine Brieftasche gelegt. Und jetzt ist es nicht mehr da! Ich muß den Umschlag verloren haben."

Der Rentner schaut so unglücklich und verzweifelt drein, daß Reinhold ihm rasch mit einem Lächeln den blauen Briefumschlag überreicht.

Welch eine Freude und Erleichterung spiegelt sich da in den Gesichtszügen des alten Mannes! „Ja, das ist der Umschlag!" ruft er erfreut und sieht schnell hinein, um das Geld nachzuzählen. „Der ganze Betrag ist drin", stellt er befriedigt fest. „Oh, wie froh ich bin!"

Dann blickt er Reinhold freundlich an. „Du bist ein feiner Junge, ein ehrlicher Junge, der das Herz auf dem rechten Fleck hat. Ich danke dir herzlich. Du hast einem alten Mann einen großen Dienst erwiesen. Nenne mir noch eure Anschrift und eure Telefonnummer – falls ihr Telefon habt. Ich würde gern einmal mit deinen Eltern sprechen."

Zögernd macht Reinhold die gewünschten Angaben. Dann verabschiedet er sich von dem alten Herrn und tritt mit Rolf den Heimweg an. Sie kommen nicht besonders schnell voran, denn der einsame Pfad am Waldrand führt steil bergauf, und Reinhold ist immer noch ein wenig außer Atem.

Auf einmal bricht Rolf das Schweigen. „Warum hast du dir eigentlich soviel Mühe gemacht und dich so abgehetzt, Reinhold? Es wäre doch viel einfacher gewesen, den Umschlag auf dem Fundbüro abzugeben. Dann hättest du bestimmt auch noch Finderlohn gekriegt. Ich glaube, man erhält zehn Prozent. Du, fünfzig Mark, das wäre nicht zu verachten!"

Reinhold bleibt stehen und blickt seinen Vetter nachdenklich an. „Denk doch mal nach!" erwidert er langsam. „Stell dir vor, der alte Mann hätte zu Hause den Verlust seiner Rente bemerkt. Er würde sich furchtbar erschrocken haben. Aufs Fundbüro konnte er dann nicht mehr, es wäre schon geschlossen gewesen. Bestimmt hätte er die ganze Nacht nicht schlafen können und vor Aufregung vielleicht einen Herzanfall gekriegt. Das kann man bei alten Menschen nie wissen. Er hätte sich jedenfalls sehr gesorgt. Du weißt vielleicht nicht, wie das ist, wenn man Geldsorgen hat, Rolf. Ich weiß es. Ich kann mich noch gut daran erinnern. Manchmal hatten wir keinen Pfennig mehr im Haus."

Reinhold ist wirklich ein feiner Junge, überlegt Rolf, der beste Junge, den ich kenne; viel besser als ich. Ich mag ihn schrecklich gern – wenn er auch nicht mein „richtiger" Vetter ist!

Als die Jungen schon fast auf der Höhe angelangt sind, begegnet ihnen Tante Erika. Sie wollte mit Maxel einen kleinen Spaziergang machen und ist den Jungen ein Stück entgegengegangen.

„Ihr seht leicht erschöpft aus", stellt sie fest. „Der Berg ist ja auch sehr steil. Sicher seid ihr müde. Und hungrig dazu."

„Dieser Pfad ist so einsam", sagt Rolf. „Im Dunkeln möchte ich ihn nicht gehen. Aber Reinhold muß es tun, wenn er zur Schule nicht im Auto mitfahren kann."

Tante Erika nickt verständnisvoll und schweigt eine Weile. Dann sagt sie: „Das kann ich gut verstehen. Mir ist es in meiner Schulzeit ähnlich ergangen. Ich bin ja in dem Dorf Eulebach aufgewachsen. Als ich zur Oberschule sollte, wurde ich eine Fahrschülerin. Da mußte ich jeden Morgen sehr früh aufstehen. Wenn ich dann durchs Dorf zum Bahnhof ging, war es oft noch ganz dunkel. Auf dem Dorf gibt es ja keine richtige Straßenbeleuchtung wie in der Stadt. Wenn mich die weißen Wände der Fachwerkhäuser nicht angeleuchtet hätten, hätte ich sie garantiert eingerannt! Manchmal krähte irgendwo verschlafen ein Hahn, oder ein Hund rasselte an seiner Kette und knurrte leise — sonst war es sehr still und ziemlich unheimlich in dem dunklen, schlafenden Dorf. Aber dann fand ich ein Geheimrezept, und das hat mir geholfen."

Nun sind Reinhold und Rolf natürlich neugierig. Gar zu gerne möchten sie Tante Erikas „Geheimrezept" erfahren!

Die Tante lächelt schelmisch und verrät: „Es ist ein Spruch."

„Ein Zauberspruch?" fragt Rolf eifrig.

Tante Erika lacht. „Nein, das ist es natürlich nicht, sondern ein Spruch aus der Bibel, aus dem 139. Psalm. Er heißt so: ‚Von allen Seiten umgibst du mich und hältst deine Hand über mir.' Seht ihr, wenn ich mir diesen Spruch aufsagte und mir vorstellte, daß Gott mich von allen Seiten umgibt und seine starke Hand schützend über mich hält, wich alle Furcht von mir, und ich fühlte mich in dem finsteren Dorf gar nicht mehr allein."

Reinhold hat aufmerksam zugehört. Er blickt nachdenklich vor sich hin, hebt dann den blonden Kopf und sagt: „Nicht wahr, Tante Erika, es ist so ähnlich wie in dem Abendlied, das wir neulich gesungen haben: ‚der läßt keinen einsam sein weder Nacht noch Tag.'"

„So ist es", bestätigt Tante Erika. „Versuch's nur mal, Reinhold! Du wirst sehen, es hilft dir auch — wie es mir geholfen hat und noch heute hilft. Denn auch wir großen Leute sind manchmal einsam und haben manchmal Angst. Da ist es gut zu wissen, daß man einen starken Helfer zur Seite hat. Menschen versagen schon mal und enttäuschen uns. Gott enttäuscht uns nicht und läßt uns nie im Stich."

Jetzt horcht auch Rolf auf. „Nie hast du gesagt? Auch nicht bei einer Klassenarbeit? Da habe ich manchmal grausige Angst."

„Nein, nie; auch nicht bei einer Klassenarbeit", erklärt Tante Erika. „Hast du das noch nicht ausprobiert? Du schreibst wohl lieber Fünfen, was? Natürlich hilft uns Gott nur dann, wenn wir selber unser Möglichstes getan haben. Sind wir faul gewesen, dürfen wir nicht mit seiner Hilfe rechnen.

Versucht's nur! Ich habe damit die besten Erfahrungen gemacht — in meiner Schulzeit — und auch später — noch heute."

Beim Mittagessen erzählt Rolf von Reinholds Fund auf dem Postamt. Er merkt wohl, daß es Reinhold nicht recht ist. Der gibt seinem „Vetter" beredte Zeichen, er solle schweigen! Aber Rolf merkt auch, wie Tante Betty sich über seinen Bericht freut. Sie soll nur erkennen, was für ein Junge der Reinhold ist, und daß sie keinen besseren Sohn kriegen kann, denkt er.

Am Nachmittag ziehen die Jungen mit Körben bewaffnet los, um Kirschen zu pflücken. Dabei dürfen sie soviel naschen, wie sie nur wollen. Es wird ein vergnügter Nachmittag. Rolf staunt, als er feststellt, daß Reinhold viel mehr schafft als er, obwohl er doch gar nicht so kräftig ist. Wahrscheinlich hängt es damit zusammen, daß Reinhold sich besser auf seine Arbeit konzentriert und nicht immerfort das große Wort führt wie Rolf.

Mit reicher Ernte ziehen sie nach Hause. Als Belohnung gibt es zum Abendessen einen leckeren Kirschauflauf. Sogar Reinhold hat heute Appetit und greift tüchtig zu.

Tante Bettys Augen glänzen. Sie scheint freudig erregt zu sein. Sie erzählt, daß der alte Herr mit der verlorenen Rente angerufen hat.

„Er hat gesagt, wir könnten auf unsern gescheiten, umsichtigen und hilfsbereiten Sohn stolz sein!"

Tante Bettys Stimme klingt dabei tatsächlich ein bißchen stolz. Dann fährt sie fort: „Ja, und dann hat er gefragt, ob du ein Kofferradio hast, Reinhold. Sein Sohn besitzt nämlich ein Elektro-Geschäft. Er möchte dir gerne eins schenken."

„Hurra!" schreit Rolf und schwenkt seinen Löffel begeistert durch die Luft.

Reinhold schreit nicht, er rührt sich überhaupt nicht. Ihm ist ganz sonderbar zumute. Ein Kofferradio? Soll er wirklich eins bekommen? Eigentlich ist es nun ja nicht mehr so nötig, da Tante Erikas „Geheimrezept" bestimmt wirksamer ist; aber natürlich ist es schön, ein eigenes Radio zu haben.

Nun wendet sich Tante Betty an ihren Mann. „Weißt du, Ewald, wir müssen uns darum bemühen, daß die Formalitäten bald erledigt werden. Dem Herzen nach gehört Reinhold ja schon längst zu uns, aber ich möchte, daß er auch vor den anderen Menschen ganz zu uns gehört und unsern Namen trägt. Dann wissen wir doch, für wen wir schaffen und unseren Besitz instand halten. Wie traurig lebten wir all die Jahre ohne Kinder. Nun aber dürfen wir einen solchen Sohn haben!"

Da ist es um Reinholds Fassung geschehen. Es wird einfach zuviel für ihn. Ihm rollen Tränen übers Gesicht. Tante Betty legt den Arm um seine Schultern, drückt seinen Kopf an sich, streichelt sein helles Haar und flüstert: „Mein lieber, lieber Junge!"

Rolf gefällt es jeden Tag besser in Braubach. Er und Reinhold werden gute Freunde. Seit Reinhold weiß, daß er nun wieder eine „richtige" Heimat und „richtige" Eltern hat, die ihn lieben, ist er viel aufgeschlossener und fröhlicher geworden. Betrübt denkt Rolf daran, daß sich der Tag nähert, an dem er und Tante Erika mit Blacky nach Obergickelsberg aufbrechen müssen. Bestimmt ist es dort auch sehr schön — doch hat er Reinhold viel lieber als alle „Gickel" der Welt! Aber dann erhält Tante Erika eine Karte von Tante Christa aus Obergickelsberg. Sie schreibt, daß Ulrich und Ulrike leider an Mumps erkrankt sind, und daß Tante Erika und Rolf ihren Besuch lieber verschieben sollten. „Da kann ich nichts machen", meint Tante Erika. „Fahren wir also ein andermal hin und bleiben noch ein bißchen in Braubach!"

Sie scheint darüber nicht traurig zu sein, und Rolf ist es auch nicht. Allerdings kommt nun auch mal ein Regentag, und da kennt Tante Erika kein Erbarmen: es wird Diktat geübt. Doch geht es dabei ganz lustig zu, denn Reinhold macht freiwillig mit. Natürlich schneidet er besser ab als Rolf, aber er ist kein bißchen überheblich oder prahlerisch, sondern sagt tröstend: „Das kommt ja nur daher, weil ich etwas älter bin als du, Rolf! Nächstes Jahr kannst du's genauso gut."

Ein besonders schönes Erlebnis wird für Rolf eine Rheinfahrt von Braubach nach Rüdesheim und zurück. Reinhold weiß schon gut Bescheid und kann ihm viel erklären. Am liebsten möchte Rolf über jede Burgruine eine Geschichte hören! Aber so viele „Ruinengeschichten" kennt nicht einmal Tante Erika!

Blacky startet in aller Frühe an einem trüben Sommermorgen. Er hat noch einen weiten Weg vor sich bis nach Eulebach in Oberhessen. Die Vettern Rolf und Reinhold sind fest entschlossen, einander bald wiederzusehen, entweder in Braubach oder in Muckenheim.

Trotz des grauen Morgens ist Rolf in strahlender Laune und singt und pfeift die ganze Zeit. Er dichtet sich eigene Lieder — auf Englisch, versteht sich! Sie handeln alle von Braubach, vom Rhein und von seinem Freund Reinhold: „I like Braubach, it's a nice little town — I like the Rhine, it's a wonderful river — and I like Reinhold, he's my best friend!"

Rolf darf aber nicht die ganze Zeit singen. Er muß auch die Autokarte „lesen" und aufpassen, ob Tante Erika richtig fährt. Zunächst geht es immer am rechten Rheinufer entlang, an Rüdesheim vorbei, dann nach Wiesbaden und über Hattersheim nach Frankfurt, von dort das Kinzigtal hinauf.

In der alten Barbarossa-Stadt Gelnhausen wird eine kurze Rast eingelegt. Rolf staunt, daß diese Stadt schon 1170 von Kaiser Barbarossa gegründet worden ist. Man kann noch die Ruinen der einstmals wunderschönen Kaiserpfalz betrachten. Tante

Erika erklärt ihm, daß die mittelalterlichen Kaiser eigentlich keinen festen Wohnsitz hatten, sondern auf den Wasserstraßen von einer Pfalz zur andern durch ihr Reich reisten. Da muß die Kinzig also früher schiffbar gewesen sein. Das kann Rolf sich kaum vorstellen, wenn er auf das kümmerliche Rinnsal sieht. Kein Vergleich mit dem Rhein, denkt er.

Weiter geht die Fahrt. Blacky keucht auf gewundenen Straßen den Vogelsberg hinauf. Seine stumpfen Bergkegel sollen früher Vulkane gewesen sein, erzählt ihm Tante Erika. Ja, und dann haben sie endlich Eulebach erreicht. Es liegt nicht auf einem Bergkegel, sondern von bewaldeten Hügeln umgeben in einem grünen Tal. Der Eulenhof befindet sich etwas abseits am Ende des Dorfes. Das Wohnhaus ist ein geräumiger alter Fachwerkbau.

Kaum biegt Blacky in den Hof ein, da wird auch schon die Haustür aufgerissen, und drei Kinder stürzen heraus. Aha, das sind also Vetter Jochen, 14 Jahre alt, die Kusine Andrea, 11 Jahre, und die Kleine dort muß die sechsjährige Evi sein! Alle drei Kinder sind blond. Jochens Haar hat einen rötlichen Schimmer. Auf seiner Stupsnase prangen Sommersprossen. Evis Haar ist lockig. Sie ist zierlich und das hübscheste der drei Kinder.

Jetzt kommt auch die Oma zur Begrüßung auf den Hof. Sie ist rüstig und noch gut zu Fuß. In ihrem faltigen, gebräunten Gesicht blinken zwei lustige braune Augen – wie bei Tante Erika.

„Nanu“, staunt die Oma, „bist du aber groß geworden, Rolf! Dich hätte ich kaum noch erkannt. Du bist ja schon fast so groß wie Jochen, und der ist zwei Jahre älter.“

Rolf mustert seinen Vetter mit abschätzender Miene. Er scheint zäh, sehnig und geschmeidig zu sein. Es ist also noch nicht ausgemacht, wer bei einer möglichen „vetterlichen“ Rauferei den kürzeren zieht!

Andrea bietet sich an, Rolf das Wohnhaus zu zeigen. Jochen möchte ihn gern durch die Ställe und Wirtschaftsgebäude führen.

Man kann kaum sein eigenes Wort verstehen, so laut bellt der braune Vorstehhund, der aus seiner Hütte hervorgeschossen ist.

Da greift unerwartet die kleine Evi ein. Sie legt dem Hund ihre Hand auf den Rücken und sagt beschwichtigend: „Pscht, Racker, sei doch still! Das ist doch unser Vetter Rolf aus Muckenheim. Den brauchst du nicht anzubellen. Komm her, Rolf, damit er dich kennenlernt und dich beschnuppern kann!“

Rolf gefällt der Hund sofort. Er erkundigt sich nach seinem Namen. Evi ist erstaunt. „Aber den hab' ich doch schon gesagt! ‚Racker‘ heißt er, verstehst du?“

Nein, das ist nicht ganz einfach zu verstehen. Von einem Hund solchen Namens hat Rolf noch nie gehört. Doch er findet das sehr lustig! „Racker, Rakker", murmelt er vergnügt vor sich hin, während er den Kopf des Hundes streichelt.

Plötzlich, als Rolf zufällig einen Blick in Rackers Hütte wirft, gewahrt er dort etwas Merkwürdiges: Drinnen hockt gemütlich auf einem Nest ein schneeweißes Huhn! Vor Staunen werden Rolfs Augen fast so groß wie Tassenköpfe. „E-ein H-huhn?" stottert er völlig verwirrt. „W-wohnen die bei euch in der Hundehütte?" Davon hat er, der große Tierkenner, noch in keinem der vielen Tierbücher gelesen, die er bisher verschlungen hat!

Andrea lacht ihren Vetter an. „Normalerweise natürlich nicht! Die Hühner sind im Hühnerhaus — wie auf jedem anderen Bauernhof. Aber das da ist eben kein gewöhnliches Huhn. Es ist etwas Besonderes und gehört mir, mir ganz persönlich. Eine Nachbarin hat es mir als junges Hühnchen zum Geburtstag geschenkt. Ich habe es ‚Schneeweißchen' genannt. Es ist ein besonders kluges Huhn. Deshalb hat es mit Racker Freundschaft geschlossen. Die beiden verstehen sich ausgezeichnet. Racker paßt gut auf Schneeweißchen auf. Wenn er Gefahr wittert, packt er es vorsichtig beim Schopf und trägt es fort. Er will nicht, daß seine Freundin eines Tages im Suppentopf oder in der Bratpfanne verschwindet — wie es schon so vielen Hühnern ergangen ist! Doch das würde ich natürlich auch nie wollen. Mein Schneeweißchen wird nicht geschlachtet. Es ist ja auch so fleißig und legt mir viele schöne Eier."

„Und die darfst du alle alleine essen?“ erkundigt sich Rolf und fühlt fast so etwas wie Neid in sich emporkriechen.

„Darf ich“, nickt Andrea strahlend. „Es ist doch mein Huhn. Aber ich werd’ dir gern davon abgeben.“

Andrea scheint eine nette und großmütige Kusine zu sein, findet Rolf.

Oma Euler ruft die Kinder ins Haus. Es ist Abendbrotzeit. „Man braucht nicht gleich alles am ersten Abend zu besichtigen“, meint sie seelenruhig. „Es kommen ja noch mehr Tage.“

Die Wohnküche im Eulenhof ist geräumig und behaglich. Rolf stellt fest, daß das alte Fachwerkhaus innen ganz wohnlich und sogar modern eingerichtet ist. Der Elektroherd, ein Warmwasser-Boiler und die Tiefkühltruhe fehlen nicht.

Bald haben sich alle — auch Onkel Andres und Tante Gertie — um den langen Eßtisch versammelt. Die Großmutter spricht das Tischgebet. Dann schneidet sie große Scheiben von einem umfangreichen, seltsam geformten Brotlaib mit leckerer, dunkelbrauner Kruste ab. Auf seine Frage erfährt Rolf, daß Oma und Tante Gertie dieses Brot selbst gebacken haben. Es schmeckt Rolf herrlich, besser als jedes andere Brot, das er bisher gegessen hat.

Tante Gertie schenkt frische Buttermilch ein. Der Schüssel mit dem Quark widmet Rolf heute keine besondere Aufmerksamkeit. Davon kann er daheim zur Genüge esssen. Aber hausgemachte Wurst — das ist schon etwas Besonderes, das kriegt er in Muckenheim nicht!

„Paßt mir nur auf den Rolf auf", neckt Tante Erika. „Dem schmecken das Brot und die Wurst allzu gut. Er wird mir hier noch so fett werden, daß mein armer Blacky auf der Heimreise zusammenbricht!"

Nach dem Abendessen holt Tante Erika ihre Gitarre. Ja, heute klingt es fein, denn alle singen tüchtig mit, und so bleibt es nicht bei einem einzigen Abendlied.

An diesem Abend fühlt Rolf sich ziemlich müde. Aber schon am nächsten Morgen steckt er wieder voller Tatendrang. Heute darf er sich alles anschauen, was es auf dem Hof zu sehen gibt. Er hätte nicht gedacht, daß es so viele verschiedene landwirtschaftliche Maschinen auf einem Bauernhof gibt. Von Mähdreschern, Melkmaschinen und Kartoffelpflügen hat er schon mal gehört. Aber etwas völlig Neues sind für den Stadtjungen die automatische Entmistungsanlage im Kuhstall und das Heugebläse in der Scheune.

Wie erstaunlich gut Jochen überall Bescheid weiß! Er erzählt von den verschiedenen Rassen und der Milchleistung der Kühe, er zeigt Rolf eine gewichtige Muttersau mit ihren rosa Ferkelchen, die von einer roten Lampe bestrahlt werden.

Besonderes Interesse bringt Rolf dem Pferd Robert entgegen, einem braunen Wallach. „Ob ich wohl mal auf ihm reiten darf?“ fragt er zögernd.

Jochen lacht. „Warum nicht? Vater hält ihn zwar nicht als Reitpferd. Weißt du, er nimmt ihn mit in den Wald, wenn er dort im Winter Holz rückt. Mit dem Traktor kommt man nicht an alle Stellen ran.“

Rolf wird nicht ganz klug aus den Reden seines Vetters. „Warum rückt er das Holz denn im Wald herum?“ fragt er verblüfft.

„Bestimmt nicht zum Vergnügen! Er holt die gefällten Baumstämme dort heraus und transportiert sie ab. Früher konnte man mit Holzrücken und Holzfahren ganz schön Geld verdienen. Denn die Landwirtschaft allein wirft ja nicht soviel ab. Aber heute ist das Holz nicht mehr so gefragt. Man verarbeitet lieber Kunststoff.“

„Durch die Milchwirtschaft läßt sich doch bestimmt einiges verdienen“, meint Rolf.

„Ach, so arg ist es damit nicht. Die Besitzer der großen Güter gehen heutzutage oft zur Rindermast über, das soll sich eher lohnen. Manche züchten auch Reitpferde. Auf dem Eulenhof hätten wir dazu keinen Platz.“

„Und worauf wirst du dich einmal spezialisieren, Jochen?“ möchte Rolf gern wissen.

Jochen grinst und zuckt die Achseln. „Ach, das weiß ich jetzt noch nicht. Man muß halt auf Draht sein und aufpassen, was sich gerade lohnt. Vielleicht baue ich den Eulenhof mal ganz modern aus und nehme Feriengäste auf. Schon jetzt kommen jedes Jahr mehr Urlauber nach Eulebach. Dann halte ich mir auch Pferde oder wenigstens Ponys zum Reiten."

Diese Idee gefällt Rolf. Er bedauert es lebhaft, daß er keinen Bauernhof und auch kein Weingut erben wird! Aber Tierarzt ist bestimmt auch ein feiner Beruf oder Zoodirektor oder Großwildjäger oder Urwaldforscher. Auf jeden Fall will er seine „Ferien auf dem Bauernhof" gründlich genießen!

Ist das ein komisches Gefühl, als er zum ersten Mal auf Roberts breitem Rücken sitzen darf! Soll das ein Vergnügen sein, wenn man so durchgerüttelt wird? Da spürt man ja jeden Knochen einzeln. Rolf kommt sich vor wie auf einem schlingernden Schiff auf hoher See. Dann fängt Robert auch noch an zu galoppieren. Nach und nach gelingt es Rolf, sich dem Rhythmus der Galoppsprünge anzupassen und sich in diesem Rhythmus auf dem Pferderücken zu wiegen. Da fängt die Sache an, ihm Spaß zu machen.

Ja, und dann die Rindviecher! Die führen jetzt im Sommer ein feines Leben und verbringen ihre Tage meistens auf der Weide. Rolf staunt, daß Andrea schon ganz allein die Kühe auf die Weide treiben und auch wieder heimholen kann. So einfach ist das nämlich gar nicht! Man muß dabei ganz schön aufpassen. Bald kriegen sich die Biester gegenseitig in die Hörner, bald werden sie von einem Auto bedroht, bald wollen sie sich auf einem fremden Acker an Zuckerrüben oder Mais gütlich tun.

Jeder Tag bringt neue Erlebnisse. Rolf fühlt sich von Tag zu Tag heimischer auf dem Eulenhof. Etwas mitleidig denkt er an die arme Jovita, die in dem heißen Speisesaal des spanischen Hotels gebraten wird! Da hat er es doch tausendmal besser! Ja, bei Oma ist es schön!

Die Blaubeeren sind reif. Darum schickt die Großmutter die Kinder zum Pflücken in den Wald. Evi hat sich nur mit einem kleinen Henkeltöpfchen ausgerüstet, während Andrea für sich und die Jungen Spankörbe und große Milchkannen bereitstellt. Unschuldig lächelt die kleine Evi ihrem großen Vetter zu und sagt: „Ich kann noch nicht soviel pflükken, ich bin ja noch so klein!"

Bei ihrer Schwester kommt sie damit schlecht an. Die hat das „raffinierte Frauenzimmerchen" bestimmt schon längst durchschaut. „Klein! Von wegen!" murrt sie ärgerlich. „Im Herbst wirst du ja schon ein Schulmädel. Was meinst du, was ich schon alles geleistet habe, als ich so alt war wie du!" Damit spricht Andrea die volle Wahrheit aus.

Evi tut, als sei sie schwerhörig, schlenkert vergnügt mit ihrem Töpfchen und trottet hinter den andern her. Die Kinder pusten und keuchen, als sie sich bei der Hitze in einem Hohlweg auf die Höhe hinaufarbeiten. Zu beiden Seiten des Weges dehnen sich Felder und Äcker aus. Rolf ist froh, daß er wenigstens die verschiedenen Getreidearten auseinanderhalten kann.

Endlich ist der Wald erreicht. Tief unten im Tal liegt Eulebach. Hier ist es herrlich! Die Kiefern bilden ein richtiges Dach. Unter ihnen breitet sich weiches Moos aus. Evi läßt sich einfach hinplumpsen und behauptet, sie müsse sich erst einmal verschnaufen. Andrea gönnt ihr aber keine lange Pause, denn da sind ja schon die ersten Blaubeersträucher. Wie verheißungsvoll die dunkelblauen Beeren zwischen den hellgrünen Blättchen hervorleuchten! Andrea atmet erleichtert auf. „Ihre" Blaubeergründe sind noch unversehrt. Da hat noch kein anderer Pflücker drin gewütet und die Sträucher kahl gerupft.

Nun kann's also losgehen! Die beiden Vettern bleiben dicht beieinander, damit sie die Arbeit mit Reden würzen können. Worüber die zwei sich unterhalten? Nun, hauptsächlich über Tiere, das ist doch klar. Jochen erzählt von den Haustieren und Rolf von den Tieren im Zoo.

„Vielleicht werd' ich auch mal ein Verhaltensforscher, der das oft recht sonderbare Verhalten der Tiere in verschiedenen Lebenslagen erforscht", meint Rolf träumerisch. „Meine Doktorarbeit schreibe ich dann über die merkwürdige Freundschaft zwischen einem Vorstehhund und einer Henne. Dann werden wir alle drei berühmt, der Racker, Schneeweißchen und ich. Denn diese Arbeit kommt später natürlich als Buch heraus und wird ein Bestseller. Auch der Eulenhof wird dadurch berühmt und ihr alle mit, am meisten aber die Hundehütte, in der sich diese einmalige Freundschaft abgespielt hat. Daraus wird ein Museum gemacht und die Leute kommen von nah und fern herbei, um das seltsame Paar zu beäugen, das man nämlich ausgestopft und so der Nachwelt erhalten hat."

Evi hat längst aufgehört zu pflücken. Sie hockt gemütlich im Moos und hört ihrem redseligen Vetter Rolf mit offenem Munde zu.

Andrea luchst zu den Faulenzern hinüber und räuspert sich.

Da klappen sie für eine Weile ihre Münder zu und arbeiten schweigend, bis sie ein neues Gesprächsthema gefunden haben. Diesmal ist es ein naheliegendes: Sie packen voreinander ihre glänzenden Fähigkeiten und Fertigkeiten aus — und das sind nicht wenige! Wahre Mordskerle müssen sie sein, diese beiden Vettern!

Evi lauscht wieder hingebungsvoll und erklärt dann mit liebenswürdigem Lächeln: „Ich kann ja noch nicht soviel wie ihr, ich bin ja noch so klein!"

Um die super-fleißige Andrea gnädig zu stimmen, versuchen die Jungen, sie mit ins Gespräch zu ziehen und nun vor ihr mit ihren Kenntnissen zu prahlen. Doch das gelingt nicht. Andrea brummt nur: „Was ich alles kann, schert mich jetzt wenig.

Jetzt weiß ich nur eines: Ich kann Blaubeeren pflükken." Sie hält den Jungen ihren Korb hin und schielt verächtlich nach deren magerer Beute.

Da reißen sich die Vettern wieder zusammen und unternehmen einen neuen Angriff auf die Blaubeersträucher.

Sogar Evi läßt einige Beeren in ihr Töpfchen kullern. Den Rest steckt sie lieber in den Mund. „Wißt ihr, ich pflücke eigentlich lieber Johannisbeeren", verkündet sie. „Weil man sich dabei nicht so zu bücken braucht!"

Ihr großer Bruder tut entrüstet. „Du bist ja die Kleinste. Du hast es nicht so weit bis zum Erdboden. Was sollen wir da erst sagen!"

Zu seiner Erleichterung fällt Rolf ein, daß sogar der große Dichter Schiller in seinem „Lied von der Glocke" behauptet hat, die Arbeit schreite munter fort, wenn sie von guten Reden begleitet wird. Also setzt Rolf seine Sprachwerkzeuge wieder in Gang. Das Thema ergibt sich von selbst. Er erzählt vom Kirschenpflücken in Braubach, dann von Tante Betty und Onkel Ewald und natürlich auch von Reinhold, vom Rhein und von der Marksburg.

Jetzt ist sogar Andrea wieder nähergerückt, denn das interessiert sie auch. Der Rolf ist zwar eine fürchterliche Quasselstrippe — dennoch macht es manchmal Spaß, ihm zuzuhören.

„Bei uns gibt es auch eine Burg", sagt Andrea plötzlich. „Sie liegt mitten im Wald — das heißt, auf einer kleinen Anhöhe. Sie heißt ‚Eulenburg'. Doch ist es gar keine richtige Burg mehr, sondern nur noch ein Gemäuer."

Jochen gefällt es nicht, daß die Burg seiner Heimat herabgesetzt wird. Warum soll sie weniger wert sein, weil sie zufällig nicht am Ufer des Rheines steht? „Na ja", gibt er widerwillig zu, „von außen ist nicht mehr viel übriggeblieben. Aber unter der Ruine sind noch viele unterirdische Gänge und Gewölbe. Manche behaupten, früher hat es sogar einen Gang gegeben, der von der Eulenburg bis hinunter nach Eulebach führte."

„Und du hast nie versucht, ihn zu entdecken?" fragt Rolf atemlos.

„Nö, hab' ich nicht", gibt Jochen kleinlaut zu. „Hab' einfach nie daran gedacht."

„Ja, bist du denn noch nie in diesen interessanten unterirdischen Gängen herumgekrochen?" wundert sich Rolf.

„Ich kenne den Einstieg", mischt sich hier Andrea ein. „Er ist bei dem großen wilden Rosenbusch. Ich war mal drin. Aber wißt ihr, es lohnt sich nicht. Da drinnen ist es ungemütlich."

„Das kommt nur daher, weil du nicht richtig ausgerüstet warst", erklärt ihr Rolf in dem gleichen großväterlichen Ton, mit dem er Jovita zu belehren pflegt. „Die Ausrüstung ist nämlich sehr wichtig für das Gelingen einer Expedition. Wie willst du einen finsteren Gang erforschen, wenn du keine Taschenlampe bei dir hast? Dann braucht man natürlich auch noch einen kleinen Spaten — und Proviant, versteht sich ... Wißt ihr, wenn ich mal kein Tierarzt oder Großwildjäger werde, dann wahrscheinlich Höhlenforscher. Da ist es gut, sich schon beizeiten zu üben. Morgen ziehen wir los zur Erforschung der Eulenburg!"

„Wenn das klappen soll, müssen wir heute aber noch fleißig Blaubeeren pflücken", bemerkt Andrea trocken und macht sich erneut mit Eifer an die Arbeit.

Auch die Jungen raffen sich noch einmal auf, und sogar Evi rupft wieder an einem Strauch herum, denn der große Bruder hat ihr folgendes klargemacht: „Wer zu klein ist, um Blaubeeren zu pflücken, der ist auch noch zu klein, um Höhlen und Gänge zu erforschen." Doch dieses Abenteuer möchte Evi sich auf keinen Fall entgehen lassen!

Die Großmutter ist mit der Blaubeeren-Ausbeute ihrer Enkel ganz zufrieden. „Morgen gibt es Grießspeise mit Blaubeersuppe", verheißt sie, und Evi klopft sich gleich ihr Bäuchlein, denn das ist ihr Leibgericht.

Am Vormittag des nächsten Tages geht's hinaus in den Garten zu einer großen Bohnen-Pflück-Aktion. Tante Erika ist auch dabei, und die Kinder helfen nach Kräften mit. Am Nachmittag wollen Oma und Tante Erika die grünen Bohnen einwekken.

Niemand von den Erwachsenen hat etwas dagegen, daß die Kinder, die am Vormittag so tüchtig gewesen sind, am Nachmittag in den Wald gehen wollen. Die Großmutter packt ihnen leckere Vesperbrote ein und füllt ihnen auch eine Flasche mit Blaubeersaft. Inzwischen haben Rolf und Jochen zwei Taschenlampen aufgetrieben und auch einen kleinen Spaten bereitgelegt. Die Höhlenforschungs-Expedition kann also beginnen!

Doch als sie gerade losmarschieren wollen, macht Andrea ein bedenkliches Gesicht und schüttelt den Kopf. „Wo denkt ihr hin!" brummt sie. „Ich kann Oma und Tante Erika doch nicht allein in den grünen Bohnen stecken lassen! Die brauchen doch Hilfe beim Abfädeln. Außerdem — da unter der Eulenburg ist es überhaupt nicht gemütlich. Das hab' ich euch ja schon mal gesagt."

„Ja, aber", meint Bruder Jochen leicht betreten, „du kennst doch am besten den Abkürzungspfad zur Eulenburg."

„Und das Einstiegsloch beim Rosenbusch", fügt Rolf hinzu. „Ohne dich geht's gar nicht, Andrea. Los, sei kein Spielverderber und komm mit! Du wirst doch nicht wollen, daß mir die größte Sehenswürdigkeit von Eulebach entgeht?"

Na ja, das sieht Andrea schließlich ein. Sie möchte auch kein Spielverderber sein. So übernimmt sie die Führung des kleinen „Forschungstrupps". Sie schlägt ein flottes Tempo ein, so daß die kleine Evi Mühe hat, mitzukommen. Die Jüngste jammert aber nicht, sondern hält sich tapfer. Auf keinen Fall möchte sie von der „Expedition" ausgeschlossen und nach Hause geschickt werden!

Endlich lichtet sich der Wald. Sie gelangen zu einer kleinen Anhöhe, die wie ein großer Steinhaufen aussieht. Bei näherem Hinschauen läßt sich hier und da ein Mauerrest erkennen. Rolf rutscht eifrig zwischen diesen Überbleibseln der Burgruine hin und her, als gilt es, jeden einzelnen Stein zu untersuchen.

„Und die Eulen? Wo mögen die sich versteckt haben?" murmelt Evi vor sich hin. „Die kommen wohl erst heraus, wenn's dunkel ist. Dann möcht' ich lieber wieder zu Hause sein!"

„Hier auf der Eulenburg wird es ebensoviele Eulen geben wie daheim auf unserem Eulenhof — nämlich gar keine!" tröstet sie der große Bruder.

Andrea kümmert sich weder um Eulen noch um Trümmer und Steine. Unbeirrt steuert sie auf den großen wilden Rosenbusch zu. „Hier!" ruft sie dann den andern zu. „Kommt her! Hier ist der Einstieg."

„Fein!" lobt Jochen sie und überreicht ihr seine Taschenlampe. „Und nun los! Führ uns ein in die Geheimnisse der Eulenburg. Ich kann's schon kaum noch erwarten."

Da schüttelt Andrea energisch den Kopf. „Nein. Danke. Ich nicht. Ich bin kein Spielverderber gewesen und habe euch hergebracht — das ist doch wohl genug — oder? In diesen blöden Gängen herumkriechen und sich da schmutzig machen — das könnt ihr auch ohne mich. Ich laufe jetzt nach Eulebach zurück, um bei den Bohnen zu helfen."

Rolf versucht, seine Kusine zu überreden, aber alles ist umsonst. Andrea bleibt fest.

„Habt ihr eine Uhr?" erkundigt sie sich noch, ehe sie den Rückweg antritt.

Rolf deutet stolz auf seine Armbanduhr mit den Leuchtziffern.

Andrea nickt befriedigt. „Gut. Dann vergeßt das Heimkommen nicht! Du weißt ja, Jochen, daß du Vater noch im Stall helfen mußt."

Andrea ist zwischen den Bäumen verschwunden.

Nun beginnen die Höhlenforscher ihre hochwichtige Arbeit. Mit Hilfe ihrer Taschenlampen tasten sie sich mühselig durch die unterirdischen Gänge, die mitunter sehr niedrig und manchmal teilweise zugeschüttet sind, so daß man sich nur schwer darin fortbewegen kann. Doch aufregend ist es hier! Andrea hat bestimmt etwas versäumt. Die berühmten Forscher entdecken tatsächlich ein paar bleiche Knochen und sogar ein Stück verrostetes Eisen. Alles wird genau untersucht und dann in einem mitgebrachten Plastikbeutel verstaut.

„Jetzt könnten wir eigentlich mal eine Pause einlegen", schlägt Jochen vor. „Ich hab' nämlich Hunger."

Sie finden ein trockenes Plätzchen, wo sie sich

niederhocken und vespern können. Die Brote munden köstlich, und der Blaubeersaft ist ein Labsal. Sie trinken reihum aus einem kleinen Becher, den Rolf mitgenommen hat.

Der Muckenheimer Vetter achtet darauf, daß noch etwas in der Flasche bleibt. „Man darf seine Vorräte nie auf einmal vertilgen", belehrt er seine Mit-Forscher mit weiser Miene. „Es muß immer noch etwas aufgespart werden für den Notfall."

„Ich hätte nie gedacht, daß diese Gänge so lang sind", meint Jochen. „Müßten wir nicht bald am andern Ende angekommen sein? Schade, daß Andrea nicht mehr da ist! Aber sie kennt sich in diesen Gängen natürlich auch nicht genau aus. Das tut keiner in ganz Eulebach."

Rolf nickt befriedigt. „Das ist es ja eben. Es ist unsere Aufgabe, diese Gänge zu erforschen. Vielleicht können wir später eine Zeichnung davon machen, einen richtigen Plan. Was denkt ihr wohl, wie wichtig das für die Heimatforschung ist! Und wenn wir dann den Gang entdecken, der nach Eulebach hinunterführt! Wäre das nicht großartig? Los, machen wir weiter!"

Ja, das tun die drei Forscher. Sie krabbeln unentwegt weiter durch die endlosen Gänge. Doch sie landen weder in Eulebach noch beim wilden Rosenbusch noch sonstwo. Die unentbehrlichen Taschenlampen fangen schon an, bedenklich düster zu brennen . . .

„Ich fürchte, wir haben uns verirrt", gibt der große Höhlenforscher Rolf kleinlaut zu. „Diese unterirdischen Gänge – das muß ein richtiges Labyrinth sein. Wir finden da nicht mehr heraus. Kommt, wir suchen uns wieder ein trockenes Plätzchen und halten Kriegsrat!"

So geschieht es. Die Taschenlampen knipsen sie vorläufig aus, um die Batterien zu schonen. Andrea hat recht gehabt: Es ist nicht gerade gemütlich hier im Dustern unter der Erde. Evi fängt an, vor Furcht mit den Zähnen zu klappern und leise vor sich hin zu schluchzen. „Oh, oh!" jammert sie. „Oh, oh, wir kommen hier nie mehr heraus! Wir müssen die ganze Nacht hier bleiben, hier unten bei den Eulen. Oh, oh! Wer weiß – vielleicht gibt's hier auch noch Schlangen und Fledermäuse. Oh, ich habe solche Angst! Hier ist es so dunkel – und ich bin doch noch so klein! Ich will nach Hause! Jochen! Ich will gleich nach Hause!" Sie heult laut los.

„Nun sei mal schön ruhig, Evi", versucht der große Bruder sie zu trösten. „Natürlich brauchen wir nicht die ganze Nacht hier unten zu bleiben. Andrea weiß doch, wo wir sind. Sie wird schon Hilfe holen, wenn wir bis zum Abendessen nicht zu Hause sind."

Rolf wendet sich seinem Vetter zu und tuschelt leise mit ihm. „Bestimmt wird Andrea das tun. Aber ob es etwas nützt? Du hast doch selber gesagt, Jochen, daß diese Gänge niemand genau kennt.

Also kann uns hier auch niemand herausholen ..."

Jochen hält ihm schnell den Mund zu, denn Evi weint ohnehin schon laut genug! Sie braucht nicht zu wissen, wie ernst die Lage in Wirklichkeit ist.

Rolf schweigt und denkt nach, während Jochen die kleine Schwester in den Arm genommen hat und sich bemüht, sie zu beruhigen.

Plötzlich fährt Rolf in die Höhe und ruft: „Das Geheimrezept! Tante Erikas Geheimrezept! Beinahe hätt' ich es vergessen. Und gerade jetzt können wir es so gut gebrauchen."

„Rezept? Ist das eine Geschichte?" erkundigt sich Evi neugierig und vergißt für einen Augenblick ihren Kummer und ihre Angst.

„Es ist ein Rezept gegen die Angst", erklärt Rolf. „Tante Erika kennt da einen Bibelspruch. Wenn man den aufsagt, braucht man sich nicht mehr zu fürchten. Er lautet so: ‚Von allen Seiten umgibst du mich und hältst deine Hand über mir.' Das bedeutet, daß Gott überall bei uns ist und uns beschützt. Sogar in einem Gang unter der Eulenburg."

Evi hat aufgehört zu weinen. „Glaubst du, daß er uns hier heraushilft?" flüstert sie.

Rolf räuspert sich, doch ehe er den Mund auftun kann, sagt Jochen sehr bestimmt: „Na klar! Ist doch ganz klar! Wir bitten ihn jetzt darum. Er hört uns, denn er ist uns ganz nahe."

Evi nickt eifrig. Das versteht sie – auch wenn sie noch klein ist! „Es ist wie bei Jona!" ruft sie. „Gestern abend hat uns Oma die Geschichte erzählt. Der war auch im Dunkeln eingeschlossen in dem großen Fisch. Da hat er gebetet. Und dann hat Gott ihn gerettet."

Andrea ist sehr fleißig gewesen. Sie hat unzählige Bohnen abgefädelt. Danach macht sie sich noch im Stall nützlich. Allmählich kommt aber eine sonderbare Unruhe über die fleißige Andrea. Sie rennt bald hierhin und bald dorthin, spitzt die Ohren oder steckt den Kopf zum Fenster hinaus.

Die Großmutter bemerkt die Unrast ihrer Enkelin. Sie errät auch die Ursache. „Du wartest auf die andern, nicht wahr, Andrea? Ja, es wird langsam Zeit. Mach dir keine Sorgen! Die werden schon noch kommen. Jochen ist ein großer, vernünftiger Junge. Und Rolf hat bestimmt seine Uhr mit. Na, und falls sie sich wirklich ein bißchen verspäten, drücken wir mal ein Auge zu!"

Jetzt hält Andrea es nicht länger aus. Sie muß der Großmutter von dem Vorhaben der Jungen erzählen. „Sie haben Taschenlampen mit und auch einen Spaten", schließt sie ihren Bericht. „Aber denk bloß mal, Oma, wenn sie nun nicht wieder herausfinden? Die Gänge laufen bestimmt kreuz und quer. Niemand kennt sie genau – niemand in ganz Eulebach."

Großmutter Euler denkt eine Weile schweigend nach und reibt sich dabei die Nase mit dem Zeigefinger. „Es wird nichts helfen", murmelt sie dann. „Wenn sie nicht bald zurückkommen, werden dein Vater und Tante Erika aufbrechen und sie suchen müssen. Du gehst auch mit und zeigst ihnen den Abkürzungspfad. Sie sollen sich mit Stallaternen versehen. Vielleicht findet sich auch irgendwo noch eine weitere Taschenlampe. Denn es ist gut möglich, daß den Kindern die Batterie ausgegangen ist."

Omas Worte haben Andrea nicht beruhigen können. Sie fängt noch einmal an, mit ängstlicher, beinahe weinerlicher Stimme: „Ja, aber – Vater und Tante Erika kennen sich doch auch nicht aus in dem Gewirr der Gänge. Wie, wenn es uns dann ebenso ergeht wie Jochen, Rolf und Evi? Wenn auch wir uns verirren? Dann krabbeln wir schon mit sechs Personen in den Gängen umher – und niemand findet jemals wieder heraus ans Tageslicht!"

Dieser Gedanke ist zu schrecklich! Andrea hat die feuchten, dunklen Gänge noch nie gemocht. Wenn sie daran denkt, daß nachher vielleicht nichts mehr übrigbleibt als ein Häuflein gebleichter Knochen in einer Ecke –. Plötzlich bricht die tüchtige, vernünftige Andrea in Tränen aus!

Die Großmutter sagt gar nichts. Sie hat die Augen einen Augenblick geschlossen. Jetzt schlägt sie sie wieder auf und lächelt. „Kleines Dummerle!" schilt sie freundlich. „Komm her und hör auf zu weinen! Die Sache ist doch ganz einfach. Ihr nehmt Racker mit. Der findet schon die Spur der Kinder und bringt euch alle wieder sicher an die Erdoberfläche zurück."

Racker! Natürlich! Das ist die Lösung. Andrea gibt ihrer Großmutter vor Freude schnell einen Kuß. Nun hat sie keine Angst mehr. Racker ist ein guter Spürhund.

Die Großmutter besteht darauf, daß zuerst zu Abend gegessen wird. Als die Jungen und Evi dann immer noch nicht aufgetaucht sind, machen sich Andrea, ihr Vater und Tante Erika mit Racker, Stallaternen und einer Taschenlampe auf den Weg.

Es dunkelt schon, als sie oben bei der Eulenburg angelangt sind. Ohne Racker würde die Rettungsaktion recht schwierig gewesen sein. Doch der kluge Hund nimmt die Spur der Kinder sofort auf, führt die Retter sicher durch das Labyrinth der Gänge hindurch und geleitet sie alle ins Freie zurück.

Jochen, Rolf und Evi sind überglücklich, als sie wieder frische Luft einatmen. Sie drücken und streicheln Racker in einem fort. Doch Onkel Andres mahnt zum Aufbruch. Es wird schon sehr dunkel zwischen den Baumstämmen. Wie gut, daß sie die Laternen mithaben! Vater Euler und seine Tochter Andrea marschieren mit Racker vorneweg, es folgen die beiden Vettern. Den Abschluß bilden Tante Erika und Evi.

Diese seltsame Nachtwanderung wird Rolf nicht so bald vergessen. Da schreit eine Eule – es gibt also doch Eulen in der Nähe der Eulenburg! In den

Zweigen raschelt es. Irgendwo knackt es im Unterholz – und funkelt dort nicht etwas im Gebüsch? Dem redseligen Rolf hat es ganz die Sprache verschlagen. Wie merkwürdig es bei Nacht im Walde ist! Nur gut, daß er nicht allein sein muß!

Erst in Omas Küche taut Rolf allmählich wieder auf.

„Habt ihr Angst gehabt, so allein und verirrt dort unter der Eulenburg?" fragt die Großmutter und schneidet dicke Scheiben Wurst ab für die ausgehungerten „Höhlenforscher".

„Zuerst schon", gibt Rolf ehrlich zu. „Aber dann haben wir Tante Erikas ‚Geheimrezept' ausprobiert. Da wurde es besser. Nachher haben wir noch Reinholds liebstes Abendlied gesungen: ‚Abend ward, bald kommt die Nacht.' Ja, und dann haben wir angefangen, uns Geschichten zu erzählen, damit uns die Zeit schneller vergeht und vor allem Evi abgelenkt wird."

„Wenn wir's wie Hänsel und Gretel gemacht und weiße Kieselsteine gestreut hätten – dann hätten wir von alleine wieder 'rausgefunden!" verkündet Evi plötzlich.

„Und warum hast du das nicht getan?" fragt Tante Erika mit mühsam beherrschter Miene.

Evis Antwort kennen alle schon im voraus: „Ich bin ja noch so klein!"

An diesem Abend will Rolf heldenmütig auf seine Wurstration verzichten. Die soll Racker haben. Doch der erhält sowieso eine Extraration, so daß Rolf ohne Opfer davonkommt.

Ganz Eulebach ist in Aufregung geraten. Ein großes Fest soll gefeiert werden: ein Missionsfest. Rolf kann sich darunter nichts Rechtes vorstellen. In Muckenheim hat er noch nie ein solches Fest erlebt. Aber als er erfährt, daß zu diesem Ereignis ein „richtiger" Missionar aus Ghana in Afrika kommen wird, ist seine freudige Erwartung bald ebenso groß wie die der Eulebacher.

Ein mit jungem Birkengrün beladener Wagen kommt ins Dorf gerollt. Die Bäuerinnen schleppen riesige Kuchenbleche ins Backhaus: Pflaumenkuchen, Streuselkuchen, Quarkkuchen und Blaubeerkuchen. In jedem Haus wird gewaschen und geputzt und jeder Hofplatz fein sauber gekehrt.

Jochen striegelt Robert ganz besonders sorgfältig, bis sein braunes Fell seidig glänzt. Evi hätte am liebsten alle „Marzipanferkel" mit Seifenwasser abgeschrubbt, und Andrea behauptet scherzend, sie müßte Schneeweißchen unbedingt noch eine rote Schleife umbinden.

Endlich ist der ersehnte Sonntag da. Zwar müssen die Kühe auch an einem solchen Festtag gemolken werden – aber anscheinend geht es schneller. Schon beim Frühstück sind alle festtäglich gekleidet. Die Großmutter hat Mengen von Kuchenstücken auf großen Tellern aufgeschichtet. In der

Mitte des Tisches prangt sogar ein wunderschöner Blumenstrauß.

Nach dem Frühstück hat noch jedes der Kinder einige kleine Pflichten zu erfüllen. Doch bald läuten die Glocken, und von allen Seiten strömen die Eulebacher in ihre Dorfkirche. Sie ist heute bis auf den letzten Platz gefüllt. Ein Posaunenchor aus dem Nachbarort bläst die Choräle, daß es nur so schallt. Später betritt der Missionar Bertram aus Ghana die Kanzel. Er spricht sehr eindrucksvoll über den Missionsbefehl Jesu: „Gehet hin in alle Welt und lehret alle Völker ..."

Am Nachmittag versammeln sich die Eulebacher auf dem Festplatz neben der Kirche. Dort hat man ein hölzernes Podium errichtet und es schön mit Birkenlaub geschmückt. Wieder spricht Missionar Bertram. Rolf behält nicht alles, was er erzählt, aber die Geschichte aus dem kleinen afrikanischen Dorf Nsuase in Ghana bleibt ihm im Gedächtnis: „Das Dorf Nsuase ist nicht groß – lange nicht so groß wie euer Eulebach. Es besteht nur aus drei Lehmhütten, die alle etwa zehn Minuten voneinander entfernt liegen. Um jede Hütte ist ein mit Bambusstecken abgezäunter Hof.

Hier im Hof spielt sich das Leben der Familie ab. Da wäscht die Mutter ihr jüngstes Kind. Eine Tante stampft Fufu (das ist eine Speise aus Cassava-Wurzeln). Zwei Jungen stochern in einem Holzfeuer herum. Der Großvater sitzt mit geschlossenen

Augen auf einem Holzblock und läßt sich von der Sonne bescheinen.

Einer der beiden Jungen am Feuer heißt Kwesi. Von ihm will ich erzählen.

Eines Tages kommt ein anderer Junge atemlos auf den Hof gelaufen. Kwesi kennt ihn. Es ist Wunni, der mit seiner Familie in der letzten Hütte des Dorfes wohnt. Kwesis Familie lebt in der ersten Hütte.

Wunni stürzt auf ihn zu und ruft: ‚Zu uns ist Besuch gekommen! Er ist in unserer Hütte. Kommt alle mit zu uns!'

Kwesis Großvater mustert Wunni und fragt beinahe streng: ‚Was ist das für ein Besuch?'

Aufgeregt stößt Wunni hervor: ‚Es sind vier junge Mädchen. Sie kommen aus Agogo. Dort studieren sie. Sie wollen Lehrerinnen werden. Alle sind sie weiß gekleidet.'

‚Und weshalb sind sie zu uns nach Nsuase gekommen?' fragt der Großvater weiter.

‚Sie wollen uns Geschichten erzählen und mit uns singen. Ihr wißt, daß unsere Hütte die größte ist. Darum sollt ihr alle zu uns kommen. Mutter hat schon alle Stühle und Fußbänkchen auf den Hof gestellt.'

‚Es ist gut', spricht der Großvater würdevoll. ‚Wir danken für die Einladung und werden kommen.'

Kwesis ganze Familie macht sich nun fertig und zieht im Gänsemarsch los zur dritten Hütte, voran die Männer, dann die Frauen und hinterdrein die Kinder.

Wunnis Mutter hat den Hof und die Veranda schön aufgeräumt und gekehrt, wie Ihr Euer Dorf Eulebach zum Missionsfest. Die Stühle und Fußbänkchen sind allerdings schon alle besetzt. So praktische Holzbänke, wie ihr sie hier habt, besitzen die in Nsuase nicht. Nur der Großvater erhält noch einen Stuhl. Die andern setzen sich einfach auf die Erde. Das macht auch nichts, denn sie ist warm und trocken.

Dann tritt eines der weiß gekleideten Mädchen vor und erzählt von einem Mann namens Jesus, der als Licht in die dunkle Welt gekommen ist, um Hütten und Herzen hell zu machen. Kwesi paßt gut auf. Nur sein jüngerer Bruder will lieber mit der Katze spielen. Er ist eben noch zu klein! Doch der Großvater behält den Kleinen genau im Auge: Er muß stillsitzen.

Zum Schluß bringen die Studentinnen aus Agogo den Bewohnern von Nsuase noch ein kleines Lied bei. Es hat nur zwei Zeilen und lautet so:

‚Ich will Jesus folgen.

Heute, morgen, jeden Tag will ich Jesus folgen.'

Plötzlich tut der Großvater seinen Mund auf. ‚Vor ein paar Jahren war einer meiner Söhne todkrank', erzählt er in seiner bedächtigen Art. ‚Da trug ihn seine Frau zum Zauberpriester. Aber der konnte ihm nicht helfen. Die Krankheit wurde immer schlimmer. Er war schon bewußtlos. Da hörte seine Frau von dem Christendorf Nsakyi. Meine anderen Söhne brachten ihn dorthin. Er war noch immer bewußtlos. Viele Tage lang blieb er so liegen – wie tot. Medizin haben ihm die Christen von Nsakyi nicht gegeben, denn sie kannten diese Krankheit nicht. Sie standen nur um sein Bett herum und beteten für ihn. Eines Tages wachte er auf. Langsam wurde es mit ihm besser. War das eine Freude, als er zu uns zurückkam! Er war ganz gesund geworden. Wir konnten es alle sehen. Und wir wußten: Das hat das Gebet der Christen getan. Ihr Herr Jesus Christus hat dem Kranken neue Kraft geschenkt. – Es ist wahr, was uns die Mädchen aus Agogo sagen: Jesus Christus ist die Kraft; er ist auch das Licht, das unser Leben hell macht.'

So spricht der Großvater. Bald danach nehmen die weißgekleideten Studentinnen Abschied. Sie schütteln allen Bewohnern von Nsuase die Hände und versprechen, wiederzukommen.

Die Leute aus der ersten Hütte machen sich nun wieder auf den Heimweg. Kwesi trottet als letzter hinterher. Auf dem ganzen Weg singt er laut:

‚Ich will Jesus folgen.

Heute, morgen, jeden Tag will ich Jesus folgen.'"

So berichtet Missionar Bertram aus Ghana. Das Schönste für Rolf ist, daß er den Eulebachern das kleine Lied, das Kwesi so liebte, zuerst auf Afrikanisch (so, wie die Leute in Ghana sprechen) und dann auf Deutsch vorsingt. Danach müssen sie es alle mitsingen.

Zum Schluß des Missionsfestes darf sich jeder, der dazu Lust hat, bei dem Missionar eine Missionssparbüchse holen. Die Kinder vom Eulenhof lassen sich auch welche geben; Rolf sogar zwei, denn er denkt an Jovita. So kann er ihr doch etwas von seiner „Vetternreise" mitbringen.

Es sind auch allerlei auswärtige Gäste zum Missionsfest nach Eulebach gekommen. Die werden nun von den Einheimischen zum Kaffeetrinken in ihre Häuser eingeladen. So findet das Fest seinen fröhlichen Ausklang in den verschiedenen Familien von Eulebach.

Großmutter Euler atmet aber doch auf, als wieder Ruhe eingekehrt ist. Andrea beginnt sofort mit dem Spülen der Kaffeetassen und Teller. Rolf betrachtet voller Staunen die zusammengeschrumpften Kuchenberge.

Da tritt Tante Erika ein. Sie hat für die Kinder noch eine Überraschung. Auf dem Missionsfest hat es auch einen Büchertisch gegeben. Tante Erika hat für jedes Kind ein Kindertaschenbuch gekauft. Kein Wunder, daß die Kinder überglücklich sind! Rolf blättert sofort in seinem Buch, das von einem „Dschungeldoktor auf Großwildjagd" handelt.

Nach dem Abendbrot wollen die Kinder diesmal kein Abendlied singen, sondern das neu gelernte „Nsuase-Lied". Tante Erika ist einverstanden. Weil es so kurz ist und es ihnen so gut gefällt, singen sie es gleich fünfmal hintereinander.

„Ja, das singt sich ganz leicht: ‚Heute, morgen, jeden Tag will ich Jesus folgen'", sagt die Großmutter ernst. „Aber in Wirklichkeit ist das nicht so leicht. Darum überlegt euch gut, was ihr singt! Heute und morgen ist es euch damit vielleicht ernst – aber jeden Tag? Auch in der Schule, wenn die andern lachen oder spotten?"

„Ich meine es ernst", sagt Andrea entschlossen. „Heute. Morgen. Jeden Tag. Und wenn ich es mal vergessen sollte, dann mußt du mich daran erinnern, ja, Oma? Ich weiß auch schon, woher ich für meine Missionssparbüchse Geld kriege. Von Schneeweißchen nämlich."

„Von Schneeweißchen?" wundert sich Rolf. „Du willst doch nicht etwa dein Super-Huhn verkaufen?"

Kusine Andrea schüttelt ihren blonden Kopf. „Natürlich nicht. Nur seine Eier. Und das Eier-Geld kommt dann in die Missionsbüchse."

Jochen blickt nachdenklich vor sich hin. Er hat zwar kein eigenes Huhn, aber er hat ein Beet im Garten, das er bisher immer sein „Versuchsbeet" genannt hat. Wie, wenn er es nun in ein ganz gewöhnliches Gemüsebeet verwandeln und das Gemüse verkaufen würde? Dann hätte er zwar kein „Missionshuhn", wohl aber ein „Missionsbeet".

Auch Rolf macht ein grüblerisches Gesicht. Er

weiß noch nicht, wie und wo er sich sein „Missionsgeld" verdienen kann, doch er hofft zuversichtlich, daß ihm noch ein Plan einfallen wird.

Auf einmal läßt sich Evis Stimmchen vernehmen: „Ich kann nichts verkaufen, ich kann auch kein Geld verdienen. Ich bin ja noch viel zu klein. Aber vielleicht kann ich mit meiner Missionsbüchse bei den Leuten sammeln gehen, wenn wir Besuch kriegen."

Jochen findet die Idee mit dem Sammeln nicht übel. Evi ist so niedlich und hübsch – wer weiß, am Ende würden ihr die Leute wirklich etwas spenden für die Mission.

Andrea jedoch sagt tadelnd: „Wenn du Jesus wirklich folgen willst, darfst du nicht immer versuchen, dich herauszureden, Evi. Du bist ja gar nicht mehr klein. Bald wirst du ein Schulmädel sein. Du könntest zum Beispiel Beeren pflücken und sie den Feriengästen in Eulebach verkaufen."

Da klappt Evi schnell ihren Mund zu und läßt beschämt den Kopf sinken. Die Schwester hat ja recht: Sie ist gar nicht mehr so klein!

Als Rolf und Jochen abends im Bett liegen, meint Rolf: „Weißt du, Jochen, eigentlich hätte ich mir noch eine dritte Missionssparbüchse geben lassen sollen, nämlich für Reinhold in Braubach. Der würde bestimmt auch mitmachen. Du erinnerst dich, ich habe dir doch von unserm Braubacher Vetter erzählt. Ich hätte dann auch einen Grund, Tante

Erika zu bitten, auf der Rückfahrt in Braubach Halt zu machen."

„Ja. Aber dazu ist es nun zu spät. Du kannst keine Büchse mehr bekommen", stellt der vernünftige Jochen fest. „Dafür kannst du ihm schreiben und ihm alles berichten. Tante Betty hat bestimmt irgendeine Schachtel, die sich als Missionssparbüchse verwenden läßt. Und dann wollen wir mal sehen, wer von uns der fleißigste Missionssparer wird!"

Die Wochen eilen dahin, und der Tag der Heimkehr rückt für Rolf immer näher.

Dann ist es soweit. Eigentlich sollte Blacky schon ganz früh starten. Aber es dauert so schrecklich lange, bis Rolf sich von allen verabschiedet hat – nicht nur von Oma, Onkel Andres und Tante Gerti, von Jochen, Andrea und Evi, sondern auch von Robert, von den gutmütigen, behäbigen, wiederkäuenden Milchspendern, von den Marzipanferkelchen, die schon tüchtig zugenommen haben, von Racker und Schneeweißchen. Endlich sitzen Tante Erika und Rolf im Auto und fahren ab. Rolf winkt und winkt, bis nichts mehr von Eulebach zu sehen ist.

Ihm ist ein bißchen traurig zumute. Da fängt er an zu singen. Er dichtet das Nsuase-Lied auf Englisch um: „I'll follow Jesus. Today, tomorrow, every day I'll follow Jesus."

Die Reisenden sind ziemlich müde, als sie gegen

Abend in Muckenheim eintreffen. Frau Dünkelmeyer merkt ihnen das auch an und will an diesem Abend von ihren vielen Erlebnissen nichts mehr hören, sondern nimmt nur ihren „Sack voller Grüße" in Empfang und erquickt die beiden mit Speise und Trank. Am nächsten Nachmittag soll Jovita herüberkommen. Da sollen dann die Reisenden nach Herzenslust berichten. Die Mutter verspricht auch, dazu den begehrten Pflaumenkuchen zu backen.

Jovita stellt sich pünktlich ein. Aber sie kommt nicht alleine. Wen bringt sie denn da mit? Einen Hund? Kann das wahr sein? Ja, es ist eine reizende junge Spanielhündin mit hellbraunem, lockigem Fell.

„Sie heißt Ada", berichtet Jovita glückselig. „Meine Eltern haben sie mir zum Geburtstag geschenkt, weil ich doch so oft allein sein muß und weil in letzter Zeit in Muckenheim öfter eingebrochen worden ist."

Rolf schnalzt anerkennend mit der Zunge. Na, das ist mal ein Geschenk, das sich sehen lassen kann! Wie gut, daß Jovita großmütig ist! Sie wird ihm bestimmt erlauben, auch mal mit Ada spazierenzugehen.

Dann beginnt ein großes Erzählen. Rolfs Kehle ist nachher ganz trocken und seine Stimme beinahe heiser, soviel hat er geredet. Jovita freut sich über die Missionssparbüchse. Sie hat Rolf ein Geschenk aus Spanien mitgebracht: einen großen Sonnenhut, einen richtigen „Sombrero“.

„Wenn du den beim Rasenmähen aufsetzt, wirst du so stolz sein wie ein Spanier“, scherzt Tante Erika.

Jovita dreht ihre Büchse in den Händen und überlegt: „Ich bekomme genug Taschengeld, davon kann ich etwas für die Mission sparen.“

Rolf seufzt ein bißchen. „Bei mir wird es nicht langen. Ich muß mir einen Job verschaffen.“

„Ich weiß etwas“, fällt Jovita schnell ein. „Du kannst bei uns den Rasen mähen. Mein Vater hat davon schon gesprochen. Er wollte dich längst darum bitten. Bei uns hat doch niemals jemand Zeit dazu.“

Rolf nickt befriedigt. Das ist immerhin schon ein Anfang. Mit der Zeit wird er noch mehr Arbeit finden. Seine Sparbüchse soll nicht leer bleiben. Er darf hinter seinen tüchtigen Vettern und Kusinen doch nicht zurückstehen! Wer weiß, vielleicht läßt sich hinten im Garten auch noch ein „Missionsbeet“ anlegen.

Jovita darf noch zum Abendessen bei Dünkelmeyers bleiben. Ihre Eltern kommen heute erst später nach Hause. Rolf möchte, daß das „Nsuase-Lied“ gesungen wird. Jovita muß es unbedingt auch lernen. Außerdem ist es so schön kurz.

Nach dem Essen erklärt sich Rolf bereit, den Gemüsegarten und die Blumen zu gießen. Seine Mut-

ternreise" so richtig erkannt. Nicht nur seine Verwandten hat er kennengelernt – mehr noch: Jesus hat er in diesen Wochen in sein Herz aufgenommen, Er soll fortan sein Führer sein, dem er sich anvertraut. Ja, „heute, morgen, jeden Tag will ich Jesus folgen!"